Königsloge

ANNETTE TOLKSDORF

Königsloge

elf Variationen

für Dieter

Bibliografische Information der Deutschen Nationalbibliothek:
Die Deutsche Nationalbibliothek verzeichnet diese Publikation
in der Deutschen Nationalbibliografie; detaillierte bibliografische
Daten sind im Internet über http://dnb.dnb.de abrufbar.

© 2018 Annette Tolksdorf
2. Auflage 2021
Satz, Umschlaggestaltung, Herstellung und Verlag:
BoD – Books on Demand

ISBN: 978-3-7460-8615-6

Inhalt

Die Farbe der alten Liegen

1

Da war sie wieder. Stand kerzengerade und blickte um sich. Sandte Blitze in alle Richtungen, als fotografiere sie, dachte er. Es waren die dunklen Gläser ihrer Sonnenbrille, die das grelle Licht der Mittagssonne brachen, die auf dieser Höhe und bei fortgeschrittenem Frühjahr brannte wie im Sommer. Schon am Morgen hatte er sie gesehen, mit langen Schritten, pfeilgerade, an seinem Gartenzaun entlang, ohne aufzublicken. Übers Schneefeld querfeldein in Richtung See. Wohin sonst. Nahm den rechten Uferweg. Kurz darauf hatte sie der Wald verschluckt. Aus dem Dorf das Mittagsläuten. Bescheiden: die Klangfarbe von Sils. Auch Demut meinte er herauszuhören nach ein paar Schlägen, denn heute war Karfreitag. Seit dem Morgenkaffee saß er auf der Terrasse seines Chalets. Er musste eingenickt sein. Auf einmal schreckte er auf. Ihm war heiß. Er wollte ins Haus zurück; arbeitete sich heraus aus den Tiefen seiner Liege. Die war ausladend oder ausschweifend. Karin fand sie ausschweifend. Das überraschte ihn nicht, denn seine Frau liebte das Nüchterne und die klare Linie. Die Züricher Wohnung trug allein ihre Handschrift.

Im Chalet hingegen ging es üppig zu. Von Klarheit keine Rede. Drinnen war es dämmrig auch an Sonnentagen, denn die Fenster waren klein und lagen in der Tiefe dicker Mauern; behütet, wenn die Schneestürme kamen.

Was sehr hübsch aussah, denn die Fensteröffnungen, nach außen sich verbreiternd und leuchtend weiß, kontrastierten reizvoll mit dem Grau des Außenanstrichs. Wie Katzenaugen, wenn sie eine helle Zeichnung haben. Die Räume im Erdgeschoss waren durchweg vertäfelt. Alles Lärche, einheimisch, auch die Möbel. Hart und haltbar für lange Zeit. Auf Bezügen, Vorhängen, Tischdecken waren Blumen, Karos, auch rote Herzen eingewebt. Hin und wieder arabische Ziffern, lang gezogen und an den Enden kleine Schnörkel: die Jahreszahl der Fertigstellung. Achtzehnhundertachtundneunzig in blassem Rot. Der Kachelofen trug einen Kranz: Alpenrosen und Edelweiß. Zweimal Alpenrose, einmal Edelweiß. In dieser Reihenfolge. Ein Rätsel, das niemand mehr lösen würde. Die Blumen auf blassblauem Grund. Wie alle übrigen Kacheln, deren glänzende Oberfläche von einem wirren Craquelé überzogen war. Ein aufwendiges Verfahren und heute nicht mehr wirtschaftlich.

Auf drei Seiten eine Ofenbank. Darauf Polster, flachgesessen und an den Nähten aufgesprungen. Immer ragten ein paar Halme der Füllung in die Luft. Die waren spitz und bohrten sich in die Hinterteile der Achtlosen. An ihnen haftete nach wie vor der schwache Duft von frischem Heu. Beat hatte ihn in der Nase, sobald er in die Stube trat.

Karin hingegen nicht: unmöglich nach über hundert Jahren. Er rieche wohl den Duft der Kindheit. Man kenne das. Für immer gespeichert. Andernfalls hätte sie, Karin, den Duft mit Sicherheit auch in ihrer Nase. – In dieser schmalen, leicht gebogenen, aristokratischen Nase, die ihr Kummer machte und ihm gefiel. Wie stets blieb sie auf dem Teppich – rein bildlich, denn auf den Lärchendielen lag schon lange keiner mehr. Sie hatten den alten, eine Webarbeit aus dem Bergell in satten Braun- und Orangetönen, hinauswerfen müssen, als der begann, sich aufzulösen. Einen Ersatz hatten sie nicht finden können. Oder hätten sie nicht finden können, wenn sie danach gesucht hätten. Und weil sie das gewusst hatten, hatten sie erst gar nicht danach gesucht. Auf den Polstern, auch sie an vielen Stellen durchgescheuert – Karin einmal: wundgescheuert – reichlich Stickereien: Gämsen, paarweise. Je eine Gams mit Geweih, die andere ohne. Also Gamsbock und Gämse; einander zugewandt. Mit der Rückseite grenzte der Ofen an die Wand. Von der Küche aus wäre er zu befeuern gewesen. Wenn sie sich die Mühe gemacht hätten. Die aber machte sich keiner mehr; schon lange nicht mehr. Das Chalet wurde zentral beheizt, wie jedes andere im Hochtal auch.

Das Haus atme, sagte Karin. Sein Pulsschlag, sein Rhythmus: Es sei empfindlich; empfindsam, sie spüre das. Großzügig auch. Tolerant. Nachsichtig. Gütig: Sie scheue sich nicht, von Güte zu sprechen. Es tue ihr unendlich wohl. Sie hänge an ihm. Die Liege hingegen war zu viel für sie. Anmaßend, anstößig: Karin war um Worte nicht verlegen. Von den Dimensionen eines Königsgrabes; eine Bettstatt für die Ewigkeit. Dies war glänzend beschrieben und traf zu. Das Korbgeflecht hatte in den langen Jahren unter freiem Himmel, unter Schneemassen meist bis in den Mai, auf über achtzehnhundert Höhenmetern, unter einer Eishaut, im Malojawind und

in der grellen Sonne einen feinen Silberschimmer angenommen wie sein Haupthaar. Was ihm keinen Kummer machte, denn es war noch immer voll und musste
alle Augenblicke nachgeschnitten werden. Alle vierzehn
Tage – das schien ihm angemessen – seit dreißig Jahren,
und seit dreißig Jahren von Pino. Ohne Ausnahme von
Pino Palermo, der ihm schon lange unentbehrlich war,
denn er redete und Pino schwieg. Der zierliche Sizilianer
lächelte fein und hörte zu. Im Gegenzug hielt Beat ihm
die Treue. Bedingungslose Treue: Die forderte Pino ein.
Ihre Beziehung war vollkommen. Beide wussten darum.
Darüber zu sprechen hatten sie nicht nötig. – Der Salon lag gleich neben der Züricher Wohnung, im Erdgeschoss des Nachbarhauses. Neben dem Milchladen.
Seit ein paar Jahren trug Beat wieder einen Bart, denn
er wirkte dadurch zeitlos. Einen Vollbart, aber kurzge-
halten. Hier war Pino Friseur und sprach klare Worte.
Als junger Anwalt machte der Bart ihn reif und weckte
das Vertrauen der Mandanten. Als eine Frau, die er be-
gehrte und nie bekam, von seinem ›ehrwürdigen Antlitz‹
sprach – Karin nannte es umstandslos ›alt‹ –, nahm er
ihn wieder ab. In dieser schwierigen Zeit war Pino auch
sein Therapeut. Freilich ohne therapeutische Couch.
Aber selbst die allerbeste, dachte er, fiele weit ab hinter
seinem Liegebett im Hochgebirge – unsagbar bequem.
Stiller Zeuge einer längst vergangenen Zeit.

Da war sie wieder. Die Blitzerin. Zufall, das war ihm
klar. Nach einer Weile fielen nach und nach Pudelmütze,
Schal, Handschuhe, Rucksack in den Schnee. Als werfe
sie Ballast ab für das Kommende. Sie kam ihm groß vor.

Üppig. Jung war sie nicht. Oder eher nicht. Es war auf die Entfernung nicht auszumachen. »Jung und üppig«, er lächelte, nach einer Pause noch mal: »Jung und üppig.« Er sagte es laut beim zweiten Mal. Schämte sich. Ließ sich tiefer hineinsinken in seine Liege. Das Läuten hatte aufgehört. Was er hörte, war sein Handy. Glockenklänge, ganz neu, bis er sie erkannte, waren sie bereits verstummt. Von Karin heruntergeladen. Unermüdlich war Karin auf der Suche nach dem schönen Klang, den sie benötigte, um am Leben zu bleiben. Missklänge saugten die Lebenskraft aus ihr heraus. Vampire an Karins Hals. Schon lange war Karins Wohlklang auch sein eigener Wohlklang.

Wieder Totenstille. Kein Mensch außer ihm und der Blitzeschleuderin. Mit dem Wort war er gleich bei der Hand gewesen. Als ob sie alle blitzten, die Gläser der Sonnenbrillen auf den Nasen der Langläufer und Wanderer und Abfahrtsläufer zwischen Moritz und Maloja. Sie blitzten aber keineswegs. Sie konnten es gar nicht, da sie entspiegelt waren. Nur billige Gläser blitzten heutzutage. Karin war damals eine Blitzerin. Wedelte bergab direkt unterhalb der Gondel beinahe senkrecht zur Falllinie. Da sah er sie zum ersten Mal. Vor dreißig Jahren. Fuhr ihn über den Haufen. Oder doch beinahe. Vollkommen parallel die langen Beine. Mein Gott, Karin hatte Beine, auch heute noch. Das Tempo irrsinnig. Er war schon unten, stand gebückt, wollte abschnallen. Aus den Augenwinkeln sah er sie. Im weißen Einteiler, hauteng, aufreizende Hüftbewegungen bei jedem Stockeinsatz. Regelmäßig im Takt. Das offene Haar schwang im Gleichklang, aber gegenläufig. Die Brillengläser, übergroß nach der Mode der Zeit und nicht entspiegelt, reflektierten das Sonnenlicht und sandten silberfarbene Blitze, wenn sie den Kopf bewegte. Meist jedoch hielt sie ihn ruhig, dem Tal zugewandt wie den Oberkörper auch: ein Perpendikel-Schwung. Damals das Größte. Beherrschte heute kaum noch jemand. Sie kam direkt auf ihn zu. Beinahe hätte er die Arme für sie ausgebreitet. Sofort hatte er sie haben wollen. Die Erinnerung daran bis heute. Dass er sie hatte haben wollen, vom ersten Moment an. Dass er sehr rasch von ihr besessen war. Dass er wusste, dass er sie bekommen würde, weil er wusste, dass sie ihn wollte. Beinahe sofort hatte er ihr Begehren gespürt. Dass er Geduld üben musste, wusste er auch. Dass er zwei Jahre um sie dienen würde, hatte er nicht geahnt. Zwei Winter lang war er mit ihr gefahren. Fast immer schwarze Pisten. Im zweiten Jahr dann allein mit ihr im Tiefschnee. Da hatte er sie so weit. Ihr vollkommenes Vertrauen, dass er sie hinunterbrachte. Ihre erste Hingabe.

Diese hier – er war wieder auf dem Posten –, die blitzte zur Unzeit. Aber ihr Durchhaltewillen imponierte ihm. Sie musste sich eisern durchgebissen haben, denn die Halbinsel war nicht geräumt. Eine Woche vor Saisonschluss beschränkten sie sich auf die Hauptwege. Jeder Schritt bedeutete, knietief einzusinken in schwerem Schnee. Wandern war Schwerarbeit. So wie die Liebe. Manchmal war auch die Liebe Schwerarbeit. Daran war er gewohnt. Dann erst recht.

Die Chastè, so hieß die schmale Landzunge, war jetzt menschenleer und er der Herr der Halbinsel. Sein Chalet stand hier ganz allein. Was es ihm bedeutete, hätte er nicht sagen können. Dafür hatte er keine Sprache. Auch Karin nicht. Über Glück sprach man nicht, wenn man es behalten wollte. Sie wussten das beide. ›Das Paradies‹, hörte er einmal eine Frau sagen, als er an ihrer Bank vorbeikam. Das war am Nietzschefelsen, ganz vorne an der Spitze der Chastè. Kein Widerspruch von Karin, die hinter ihm ging.

Schon lange herrschte Bauverbot an diesem Uferabschnitt. Der Silser See war der größte und in seinen Augen der bei Weitem schönste von dreien, die sich aneinanderreihten wie Perlen an einer Schnur zwischen Maloja und St. Moritz. Was der eigentliche Grund war für die einzigartige Schönheit dieses Hochtals. Darüber waren sich alle einig. Dass in St. Moritz der Boulevard, in Sils hingegen der Geist herrsche, war eine Übertreibung und zeugte von Arroganz. Karin, die rein zufällig eingelesen war – sie war grundsätzlich in alles rein zufällig eingelesen –, verfügte über die Begriffe und sprach von wirtschaftlichem Kapital, welches sich nach Moritz wende, kulturelles hingegen nach Sils. Das klang schön und war ein Trost für alle, die viel Kultur und wenig Geld besaßen. Und mochte stimmen.

Chastel Merveille, Karins Wort und in der Folge auch das seine, war ein anderer Fall: ein wenig oberhalb von Sils auf halbem Weg ins Fextal wuchs das Hotel empor aus dunklen Tannen, die ihm den Namen gaben, und ragte mit seinen weißen Mauern weit hinein ins Land.

Von seiner Liegestatt aus hatte Beat es direkt vor Augen. Aber immer nur für eine sehr kurze Zeitspanne, dann fallen sie ihm zu. Sie fallen jedem zu der darin liegt. Meist dauert es nur wenige Minuten, dann gleiten Bücher aus erschlafften Händen, fallen Handys mit einem trockenen Plop auf die Holzdielen. Die Wirkkraft der Liege ist mächtig. Ausschweifend oder nicht, auf jeden Fall bringt sie süßen Schlaf über jene, die sich ihr anvertrauen.

Wovon sie träumten, konnte man nicht wissen. Bestimmt hörten sie die Klangfetzen, die vom Wind herumgewirbelt wurden wie Papierschnipsel, wenn man zum Tanz aufspielte, denen da droben. Beschwingte Weisen, die flatterten bei gutem Wetter durch die offenen Fenster der Gesellschaftsräume hinab ins Tal. Der Tanz endete um Mitternacht. Vom Eckturm wehte die Schweizer Fahne.

Karin träumte nichts, da sie die Liege mied. Entsprechend scharfsinnig waren ihre Thesen zu jenem Zauberschloss, die sie jenen unterbreitete, die ihr Gefolgschaft leisteten. Saß mit ihnen am Lagerfeuer, rein bildlich gesprochen, nämlich am Kamin in ihrer Züricher Wohnung und sprach von Geist und Geld und von Glücksmomenten, wenn beides sich vereinige. Keine Kleinigkeit, sondern das Ergebnis der profunden Kenntnis alles Menschlichen. Erworben in langen Jahren der Beobachtung und der Erfahrung, welche schlussendlich zu jenem System geführt hätten, sagte Karin, bei welchem das Kapital im Hinterzimmer arbeite, im kalten Licht der Bildschirme, auf denen Zahlenreihen flackerten. Was im Verborgenen geschehen müsse. Unbedingt. Für immer unsichtbar. Auf dass jene kulturell Befähigten drüben in der Halle, Karin kam zum Schluss, im strahlenden Licht der Lüster – Pause – Art Déco – Pause, sie ließ es wirken – auf dass jene in der Halle geneigt seien zu wähnen, auf dieser Höhe und in solch dünner Luft existiere tatsächlich die Kunst in ihrer ganz reinen Form. Um ihrer selbst willen nämlich. Das war Karins These. Und ihr Triumph, da keiner widersprach.

Er hörte Karins Stimme durch die angelehnte Küchentüre, sie gab ihm Zeit für seine Bündner Suppe, eine Gerstensuppe mit reichlich Speck, die er dampfend heiß servierte und die sie samt und sonders rasch in sich hineinlöffelten, demütig, ernst, und schweigend. Nach Art von Mönchen, die nach schweren Exerzitien die Fastensuppe löffelten. Auf Karins Gesicht aber entdeckte er ein stilles Leuchten, das ihn jedes Mal betroffen machte und ihn rührte. Karin hafte etwas Aristokratisches an, sagte er zu Pino. Ihre Nase drücke das aus. Er habe sie einmal eine Aristokratin des Geistes genannt, worüber sie in Tränen ausgebrochen sei.

Ihre Zahlenreihen mochten flackern, dachte er, gesehen hatte Karin nichts dergleichen. Reine Erfindung. ›Kassa‹, in Sütterlinschrift auf weißer Emaille. Daneben ein Klingelknopf ›Bitte läuten‹. Auch Emaille, aber kein Sütterlin. Sogleich tat sich das Fensterchen auf und alles Weitere ging niemanden etwas an. Dies alles hatte seinen Preis. Und der stieg laufend. Unabdingbar, um ein solches Haus zu führen auf jenem Niveau und mit dem gewissen Etwas, dem es seinen legendären Ruf verdanke, hatte erst neulich zu Beginn einer Soiree die Leitung deutlich machen müssen, aus aktuellem Anlass. Denn das Verhältnis von Schweizer Franken und dem Euro sei ein anderes geworden. Besser oder schlechter könne man nicht sagen. Allenfalls teurer. Der Applaus aus den Fauteuils war knapp und trocken wie der Sachverhalt, der nicht zu ändern war. Trocken war auch der Anschlag des gefeierten Pianisten, der im Anschluss Scarlatti interpretierte. Seinetwegen waren sie gekommen, und der Applaus war anhaltend und feurig. Beat erinnerte sich deutlich daran, denn er saß mit Karin in der ersten Reihe links in dem vollkommen überfüllten, glutheißen Raum hinter dem Speisesaal, und der Schweiß rann ihm über Gesicht und Körper. Das ganze Engadin war da, und aus dem Bergell und bis von Chur waren sie heraufgekommen. Das Hauen und Stechen des wilden Haufens der kulturell Empfänglichen – teils mit Listenplatz teils ohne – war hemmungslos und archaisch wie überall, wenn das Angebot knapp wird. Ihn schauderte immer noch, wenn er daran dachte. Natürlich hatte Karin schon Monate im Voraus für Karten gesorgt. Die besten für Karin. Immer bekam sie die besten. Nichts anderes wäre denkbar.

Er schreckte auf: Am Saum des Waldes entstand Bewegung. Die Blitzerin – er blieb dabei – wollte weiter. Alle Achtung, dachte er. Aber jetzt konnte sie wirklich nicht mehr. Suchte offensichtlich nach einem präparierten Weg über das Schneefeld in den Ort zurück. Den es nicht gab, das wusste er. Er sah, wie sie immer wieder ein paar Schritte probierte, einsank und endgültig stehen blieb. Da richtete er sich auf, angelte sein helles Leinenhemd vom Riegel des grün gestrichenen Holzladens am

Küchenfenster hinter ihm, zog es über seinen nackten Oberkörper, schloss notdürftig ein paar Knöpfe, erhob sich vollends und winkte zu ihr hinüber: »Hierher!«

Lehnte sich weit über das Holzgeländer der Terrasse, wedelte immer dringender: »Hier herum!« Her zu ihm! Nickte ihr zu, die Gesten einladend: Nein, kein Irrtum. Und ja, genau! Ganz richtig. Nur weiter, abschüssig zwar, aufpassen, und weiter am Zaun entlang, und jetzt der Sprung herab zu ihm. Nein, kein Irrtum. Sie stand ganz richtig.

»Nein, nicht zu hoch«, hier seine Hand: Sie möge sich festhalten, und nun der Sprung hinab und auf sein Grundstück!

Eine geraume Zeit – Beat schien es wie eine Ewigkeit – hielt er den Arm ausgestreckt nach oben, die Hand geöffnet, der Ärmel war nach hinten gerutscht. Ihr Blick ruhte für einen Moment auf seinem mageren, gebräunten Unterarm. Dann griff sie nach der Hand, hielt diese fest und sprang. Eine Sekunde später stand sie auf sicherem Untergrund. Ihre Hand schon wieder frei. Schien unschlüssig. Blieb stehen und sah ihn an. Öffnete den Mund – und schloss ihn wieder. Ihre Lippen waren breit und üppig; die Oberlippe gewölbt und scharf konturiert, ein barocker Schwung.

Der Mund des Puttos über dem Klavier der Mutter kam ihm wieder in den Sinn. Dessen Lippen lagen leicht aufeinander, wie Schmetterlingsflügel. Es war lange her. Sein Elternhaus in der Züricher Altstadt. Das Piano stand im Zimmer der Mutter. »Merkwürdig«, dachte er. Erst jetzt fand er es sonderbar: dass das Klavier nicht im Wohnzimmer, sondern im Zimmer der Mutter stand. Ob die Leute hinübergingen am Nachmittag? Wenn sie mit dem Kaffeetrinken fertig waren, sich vom Tisch erhoben, die Stühle nach hinten rückten, die mit dunkelgrünem Samt bezogenen Stühle, hohe Rücklehnen; am oberen Ende Löwenköpfe, links und rechts. Ob seine Mutter die Besucher hinüberbat, um für sie zu spielen, war ihm nicht mehr erinnerlich.

Als Junge von sieben oder acht Jahren ging er nicht zum Spielen auf die Gasse, wenn er mit den Schularbeiten fertig war, sondern den langen dunklen Flur entlang, auf Zehenspitzen, hinein zur Mutter, die nachmittags Klavier spielte. Lag bäuchlings auf dem Teppich hinter ihr, mucksmäuschenstill, und sah durch den Hocker hindurch auf ihre Beine. Die waren so nah, dass er erkannte, wie ihre Strümpfe funkelten, wenn sie die Beine auch nur um ein Weniges bewegte. Sie glitzerten umso stärker, wenn er möglichst lange darauf starrte, ohne dass er blinzelte. Der hohe Absatz ihres rechten Schuhs – immer trug sie elegante Abendschuhe, wenn sie spielte – bohrte sich in das Eichenparkett, das an dieser Stelle schon viele kleine dunkle Löcher aufwies in einem Spinnennetz von Kratzern. Mit der Fußspitze trat sie das rechte Pedal herunter. Hielt es unten für einen Moment, ließ los, damit es hochschnellte, und sofort drückte sie es wieder hinab. Sofort oder später, manchmal auch viel später, musste es wieder hinab. Immer so weiter, bis sie mit Spielen fertig war. Nie konnte er einen Rhythmus feststellen. Einmal hatte er versucht zu zählen: eins, zwei – oder: eins, zwei, Pause – oder: dam di, aber immer nur im Stillen, da die

Mutter, so nahm er an, von seiner Anwesenheit nichts ahnte. Dass er hier war, war ein Geheimnis.

Einmal betrat er ein leeres Zimmer. Ein Strahl der Mittagssonne fiel schräg herein und zeichnete ein helles Dreieck auf die Noten auf dem Notenständer. Die Stille im Raum war vollkommen. Auf einmal ein flatterndes Geräusch hinter ihm; sein tiefes Erschrecken; er schnellte herum. Ein Falter schlug bei dem vergeblichen Versuch, ins Freie zu gelangen, unaufhörlich gegen die Fensterscheibe. Lange betrachtete er das Tier, das still saß, als es sich erschöpft hatte. Nur die Flügel machte es bisweilen auf und wieder zu. Einmal ließ es sie lange genug geöffnet, dass er die Zeichnung sehen konnte: schwarze kreisrunde Punkte, auch ein paar tiefblaue Ringe auf dunklem Grund.

Als die Mutter das Zimmer betrat, beinahe lautlos, hatte er das Tier gefangen. Er ging er auf sie zu, beide Hände ihr entgegenstreckend, die einen Hohlraum bildeten. Darin der Falter, heftig flatternd. Die Berührung der Flügel aber auf seiner Haut war von rührender Zartheit.

Am nächsten Tag und die Tage danach ging er nach den Hausaufgaben hinunter auf die Gasse. Als die Mutter ihn freundlich zu sich einlud, lehnte er ab.

2

»Vielen Dank!« Die Stimme der Geretteten. Beat war hellwach. Eine Deutsche. Süddeutsche, er hörte es sofort. Sie wollte weg, das war ihm klar. Suchte den Weg zum

Gartentor. Furchtbar spät sei sie dran. Er aber hörte das Eigentliche, und das war ebenso klar: Sie wollte bleiben. Auf diesem Feld hatte er feine Ohren. Ganz nah an Karin, seit dreißig Jahren. Hörte sie ab, wie ein Arzt den Patienten abhört mit dem Stethoskop. Weshalb er ihr geben konnte, was sie brauchte, und was sie nicht hätte sagen können. Er verstand das wie kein anderer. Sie wusste es und dafür liebte sie ihn immer noch.

Er war auf dem Posten. Ob sie einen Kaffee trinken wolle? Er würde sich freuen. Sein Kaffee nämlich – er lächelte sie an, warb ungeniert – also, der sei gut. Ausgezeichnet sei der, für den könne er einstehen wie für weniges sonst. Er grinste ... reichte ihr die Hand: drei Stufen hinauf auf die Terrasse, er freue sich ehrlich. Sie aber zögerte. Ließ seine Hand links liegen. Wieder das Lächeln. Auf einmal strahlend. Stieg zwei Stufen hinauf, mit Bedacht, eine nach der anderen. Verharrte eine Zeit lang auf der dritten; dann tat sie den letzten Schritt und stand auf der Terrasse.

Beat seinerseits war erst am Abend vorher angekommen. Gründonnerstag, noch spät von Zürich herauf und über den Julier für ihn längst Gewohnheit. Keine zwei Stunden mit dem Auto, wenn nichts dazwischenkam. Seit dreißig Jahren über Ostern, und seit dreißig Jahren mit Karin.

Diesmal nicht.

Bis zuletzt hatte er nichts gewusst. Wie immer kam er am späten Nachmittag ins Schlafzimmer, um ihre Koffer nach unten zu tragen. Seine eigenen, immer nur zwei, ein großer und ein kleinerer, hatte er schon am Morgen im Kofferraum verstaut. Am Nachmittag überließ er ihr das Feld. Wenn sie mit Packen fertig war, standen ihre vier Koffer der Größe nach geordnet am Fuß des breiten Betts, der kleinste immer rechts, von ihm aus betrachtet, was ihm merkwürdig vorkam. Er selber hätte es genau umgekehrt gemacht. Warum, hätte er nicht zu sagen gewusst. Auf dem dichten Flor des Teppichbodens lag meist noch ein kleiner Stapel von all jenem, was sie in Betracht gezogen, aber schließlich doch verworfen hatte oder hatte verwerfen müssen, da mehr als vier Koffer nicht in seinen Lancia passten. Seit dreißig Jahren trug er ihr die Koffer hinab, von ihrer Wohnung im vierten Stock hinunter in die Tiefgarage. Neuerdings im Lift. Man hatte einen Lift installiert in dem Altbau am linken Limmatufer, der Alterspyramide wegen. Derweil rannte Karin noch ins Migros, besorgte Delikatessen, die sie ihrer Ansicht nach in St. Moritz nicht bekam und in Sils noch weniger, was er bestritt. Ein Glück, dass in der Nachsaison, wo nichts mehr los war, wenigstens die Cremeschnitten im Hanselmann noch nachmittags zu haben waren. Denn Ostern ohne Cremeschnitten von Hanselmann für Karin nicht möglich. All dies geschah seit dreißig Jahren auf diese selbe Weise.

Diesmal nicht. Im Schlafzimmer keine Koffer, nicht einmal der kleine Lady Case von Burberry, den er ihr geschenkt hatte vor nicht allzu langer Zeit, nach einer Nacht, in der sie ihn ganz besonders glücklich gemacht hatte. Kein Häuflein auf dem Boden. Auch war sie nicht im Migros. Saß vielmehr auf dem Rand des Ehebetts, auf ihrer Seite. Statt der Reisekoffer ihr Schmuckkasten. Ein paar Lädchen waren aufgezogen, auf der hellen Tagesdecke lagen Halsketten und ein paar Ringe. Sie wählte offenbar den Schmuck zum kleinen Grauen mit dem tiefen Rückenausschnitt. Gewöhnlich bat sie ihn, den Reißverschluss auf ihrem Rücken für sie hochzuziehen. Der war so tief angesetzt, dass es ihm immer schien, als zeichne er die Linie zwischen ihren Pobacken weiter hinauf, über die Taille und ihren Rücken bis zum Hals, den er küsste, wenn er fertig war. Das Kleid war dermaßen eng, dass er sie ehrlich bewunderte, wie sie es schaffte, damit ins Auto zu steigen. Sie tat es in Etappen, die Beine ließ sie draußen bis zum Schluss. Immer hatte er Angst, Karin vergäße, sie hereinzuholen. Dass sie noch im Freien standen, am Straßenrand, während er schon Gas gab. Zwei gut geformte Beine, nur bis zum Knie, auf schwarzen Stilettos; ordentlich nebeneinander auf dem Bürgersteig. Wenn sie spät in der Nacht zurückkamen und in Stimmung waren – eigentlich ging es immer nur um Karins Stimmung – tat sie dasselbe im Schlafzimmer: setzte sich, noch angezogen, rittlings auf das Bett. In diesem Fall aber nicht auf ihre Seite, sondern ans Fußende. In die Mitte. Beide Beine schräg nach unten, und die Füße auf dem Teppich. Die Haut ihrer Beine unter den Seidenstrümpfen schimmernd im herabgedämpften Licht. Ihre Stilettos aber trug sie dann nicht mehr. Die standen jetzt mitten im Raum.

In Wirklichkeit waren es Pumps, Karin hatte es ihm oft genug gesagt: Stilettos für ihre Füße nicht mehr verkraftbar. Also Pumps. In allen Farben und passend für jedes Kleid. Beats Begehren aber war untrennbar verbunden mit diesen Schuhen. Andere Schuhe trugen einen anderen Namen und bedeuteten ein anderes Begehren. Und eine andere Frau.

Das enge Graue trug Karin diesmal aber nicht. Das lag neben ihr. Sie hatte ihren Norweger-Pullover an. Dicke Wolle. Rollkragen. Ihre Beine waren nackt. Ihr Hintern auch. Dann erkannte er den Slip in der Farbe ihrer Haut. Mit Spitzen. Reichlich Spitze, seidig golden schimmernd und teuer, stand zu vermuten. Den kannte er nicht. Dass sie überhaupt solche Unterwäsche besaß, war ihm neu und stürzte ihn in Verwirrung. Er hätte sie packen mögen und aufs Bett werfen; auf der Stelle mit ihr schlafen zwischen ihren Dessous und ihrem Schmuck und all dem, was sie ausgebreitet hatte, um es einzupacken; um es mitzunehmen, fortzunehmen aus diesem Schlafzimmer und in ein anderes hinein. Karins Wäsche auf einem anderen Bett.

Noch ehe sie den Mund aufmachte, wusste er Bescheid. Dass sie nicht mitkommen würde. Ihre Meniskussache. Sie war nervös, das sah er gleich. Sie redete hastig. Sich immer wieder räuspernd: Ihre Kniesache rapide verschlechtert. Karin sprach von ›Sache‹, wenn sie ›Krankheit‹ meinte: Herzsache, Zahnsache, Bronchiensache pflegte sie zu sagen, auch ›Krebssache‹. Die Meniskussache also wieder aufgeflammt. Die Schmerzen. Eine OP vermeidbar, wenigstens vorläufig, bei konsequenter Schonung. Das Kniegelenk nämlich, habe der Professor im Spital zu ihr gesagt, müsse man mit ›Sie‹ ansprechen. Es habe ein langes Gedächtnis und verzeihe nichts. Mit großer Eindringlichkeit habe er zu ihr gesprochen. Das Hochgebirge infolgedessen streng kontraindiziert. Wanderungen im unebenen Gelände das reine Gift. Habe er gesagt. Sie werde sich auf Zürich konzentrieren, die nächste Zeit. Vorbehaltlos sich der Stadt anheimgeben, gewissermaßen, dies habe er gefordert, und sie habe es versprochen. Ihm in die Hand hinein versprochen. Rein mental wohlgemerkt. Die Hingabe. In ihrem Fall ein kulturelles Projekt. Eine kulturelle Askese, sozusagen. Widersprüchlich nur auf den ersten Blick. Sie sei auf Diät gesetzt. Eine kulturelle Diät. Bitte, das sei witzig, ihr gefalle das auch. Der Witz aber diene der Verdeutlichung: eine gewisse Einseitigkeit eben. Das Opernabonnement, die Meisterkonzerte, überhaupt alle Abos unter diesem Gesichtspunkt natürlich weiterführen. Die Kammermusikreihe sowieso. Dies sage sie zu ihm im Vorfeld, in aller Kürze nur, und alles Weitere, wenn er aus Sils zurück.

Das waren ihre Worte. Beat hatte sie immer noch im Ohr. Dann war sie weg. Die Wohnungstür fiel lauthals ins Schloss. Er blieb noch eine ganze Weile im Zimmer stehen, ohne sich zu rühren. Dann trat er hinaus, machte den Gang durch alle Räume, wie immer, wenn sie verreisten, knipste vielleicht noch eine Lampe aus, drehte einige Heizkörper zu, aber nicht alle. Denn draußen war es kalt. Dass zwischen Maloja und St. Moritz so viele ebene Wanderwege waren, wie ein sensibler Meniskus sich nur wünschen konnte, war ihm nicht in den Sinn gekommen.

Im Wohnzimmer ihr Flügel mit offenem Deckel. Der war so schwer, dass Karin ihn nicht allein hochbekam. Auch hinunterlassen wollte sie ihn nicht mehr, seit sie ihn einmal hatte fallen lassen. Es war nichts passiert, weil er beinahe schon ganz unten war. Das Donnern aber, verstärkt durch den Resonanzraum des Korpus, in dem alle Saiten mitschwangen, war ungeheuerlich. Der Nachhall dauerte lange, und bis heute hatten beide ihn im Ohr.

Beats Dienst an Karin. Ein Seelsorgeramt. Wenn nicht ein Priesteramt.

Da ihm stets feierlich zumute war, wenn er den schweren Deckel für sie hochstellte und das Instrument sein Inneres preisgab. Wo das Geheimnis seines Klanges verborgen lag: Die Saitenstränge, in Gruppen kreuz und quer übereinander gespannt, darunter rote Filzstreifen, deren Enden zipflig herausschauen. Die weißen Filze der Hämmerchen, schwarz überdacht. Sie hoben sich und senkten sich wieder, wenn Karin es wollte. Meist mehrere auf einmal an den verschiedensten Stellen, oft unmäßig schnell. Wenn seine Frau einen Dreiklang spielte, marschierten sie absolut gleichzeitig wie Soldatenfüße in schwarzen Stiefeln mit weißen Stulpen. Das hell gefleckte und mit Glanzlack überzogene Wurzelholz der Birke auf der Innenseite des Rahmens: Alles spiegelte sich im hochgestellten Deckel, sodass Karin jeden Ton, kaum angeschlagen, dort oben hätte sehen können, noch ehe sie ihn hörte.

Er schaute genauer: die Goldbergvariationen. Die fünfzehnte war aufgeschlagen. Das Papier durchgerissen und notdürftig überklebt mit Tesafilm. Die mochte er besonders und Karin spielte sie perfekt. Jedenfalls für Beats Geschmack. Ihre schlanken Finger knallten die absteigende Linie der Pralltriller mit solcher Wucht auf die Tasten, dass sie, kaum unten, schon wieder zurückgeschleudert wurden und hoch hinauf in die Luft sprangen, als hüpften sie auf dem Trampolin. Das Ganze mehrfach und in raschestem Tempo. Ton für Ton mit der makellosen Gleichmäßigkeit eines Präzisionsuhrwerks. Karin übte jedes Stück so lange, bis sie es auswendig konnte. Von da an blieb der Notenständer unten, die Noten aber ließ sie aufgeschlagen darauf liegen. Zur Sicherheit. Karin brauchte die Sicherheit. Auch die der Noten. Vor allem aber brauchte sie ihn. Bei sich, am Flügel, ihr gegenüber, damit sie ihn sehen konnte. Nur so war sie ganz bei sich. Dann war sie brillant. Dann hielt sie durch bis zum Schluss. Auch lange Stücke.

Einmal hatte er sich weggewagt, zwischendurch, rasch in die Küche, er hatte Durst, wollte sich ein Mineralwasser holen. Eine Flasche Mineralwasser, der Verschluss ging schwer, zwei, drei Minuten hatte es gedauert, länger nicht, schon war sie herausgeflogen. Aus der g-Moll-Ballade. Ganz neu im Repertoire. Mitten in der Coda war sie abgestürzt. Die sie ein Jahr lang geübt hatte. Wie eine Wahnsinnige geübt hatte. Täglich Takt für Takt bis zur Perfektion und schon wieder zunichte. Wenige Minuten ohne ihn und alles zunichte. Mit beiden Fäusten hatte sie auf die Tastatur gehämmert, minutenlang.

Da sei ihm klar geworden, hatte er zu Pino gesagt – bei einem Extratermin –, da habe er begriffen, dass Karin ihn einfordere. Bedingungslos einfordere. Obgleich sie ausschließlich zum Vergnügen spiele. Nie habe sie daraus einen Beruf machen wollen. Für ihn im Gegenzug ein Machtzuwachs, das wisse er wohl. Seine Frau spiele virtuos, solange sie ihn im Blickfeld habe. Ihr gegenüber, da beziehe er Posten; zwischen ihnen der offene Klangkörper. Pino hörte zu und schwieg. Wie immer, wenn es um Seelengelegenheiten ging. Kein Lächeln diesmal. Auch beim Abschied nicht.

Manche Stücke aber waren anders als die anderen. Die spielten sie zu zweit. Rein bildlich gesprochen. Eine Handvoll nur, der dritten Satz von op. 109, die cis-Moll-Nocturne und – bis vor Kurzem – die fünfzehnte der Goldbergvariationen. Auch Plaisirs d'Amour. Warum es diese waren und andere nicht, besprachen sie nie. Sie wussten es einfach. Und ließen es im Dunkel, wo es bis heute Wirkung zeigte, und die war stark. Immer bahnte es sich an, und Beat sah es kommen, da er die Zeichen kannte. Es war Hochgestimmtheit. Er fand kein passenderes Wort. Eine Hochgestimmtheit ergriff von ihm Besitz. Von einem Augenblick zum anderen. Die stellte alles in den Schatten. Eine andere Stimmung als seine wohltemperierte, die er nicht spürte, von der er nichts gewusst hatte, ganz so, wie er seine Haut nicht spürte oder seine Beine oder überhaupt seinen Körper nicht spürte, solange ihm wohl war. Die sich überhaupt nur dadurch zu erkennen gab, wenn sie verschwand. Einen winzigen Moment lang spürte er sie; und schon war sie weg. Aus heiterem Himmel, vollkommen überraschend, war ihm dies einmal aufgegangen. Eine unheimliche Angelegenheit. In Sekundenschnelle vorbei und vergessen wie ein Spuk, denn die Hochstimmung war schon da und überstrahlte alles. Alles leuchtete, alles gefiel ihm, alles war schön.

Sogar die Ehrenschmitt. Die mutierte zur Fee. Statt seiner Sekretärin eine Fee, anmutig, holdselig; die las ihm die Wünsche von den Augen ab. Mit ihren warmen guten Augen. Die er dann seinerseits auf Händen trug. Baur-au-Lac, Orchideen; ein Handkuss. Die Ehrenschmitt schwamm in Seligkeit und er sowieso. Rührung bei den Mandanten und ein Bürobetrieb, der schnurrte wie ein gut geölter Motor.

Die ihm in Wahrheit auf die Nerven ging seit achtundzwanzig Jahren mit ihrer Besserwisserei. Karin fand sie mütterlich. Da konnte er nur lachen. Natürlich kam ihr eine Sekretärin wie die Ehrenschmitt zupass. Karin war mit ihr im Bunde, schenkte ihr Pralinen, schachtelweise Trüffel vom Hanselmann und Nusstorte. Mästete die Ehrenschmitt, die alles in sich hineinfutterte, an ihrem Schreibtisch, in seinem Vorzimmer. Er musste noch froh sein, dass die Schriftsätze keine Schokoladeflecken aufwiesen. Praline um Praline beförderte sie in ihren Mund, auch in seiner Gegenwart, wieselflink wie ein Eichhörnchen seine Nüsse im Herbst. Eichhörnchen waren Ratten, auch wenn sie niedlich waren. Baumratten eben. Ob Karin darüber auch eingelesen war, hätte er gern gewusst. Die Ehrenschmitt glich aber einer Ente, klein wie sie war und ausladend, vorne ohnehin, vor allem aber hinten: Ihr beachtlicher Busen stand gänzlich im Schatten ihres Hinterteils; es fehlte bloß der Bürzel. Da sie unkündbar war, legte sie weiter zu. Zwängte ihre Fleischesfülle in karierte Faltenröcke und beige Hemdblusen. Eine Kleiderödnis, die er täglich neu verarbeiten musste. Drei bildschöne Nachwuchskräfte hatte sie verbissen. Nach längstens vier Wochen war keine mehr da.

Seine Hochstimmung war immer auch Karins Hochstimmung. In deren Folge sich Karins Spielweise radikal veränderte. In erster Linie wurde sie schneller, halsbrecherisch schnell, flog unweigerlich heraus; fluchte, brach ab, rannte weg, wollte alles hinschmeißen. Er sprach dann die begütigenden Worte, die sie von ihm erwartete. Dass sie nie so gut war wie jetzt, ahnte sie nicht. Sie spielte wild und gefährlich, ging auf volles Risiko. Die Stücke waren nebensächlich. Ihre Wahl traf sie beinahe blind. Griff einfach in den Flechtkorb mit den Noten, den sie so schön fand, dass er neben ihrem Hocker stehen durfte, schlug sie auf und preschte los. Wärmte sich auf und ihn gleich mit. Weil sie verliebt waren. Ganz einfach. Verliebt: Das war das richtige Wort.

Ihr Liebesspiel beginnt am Piano und endet im Schlafzimmer. Wenn ihrer beider Sehnsucht überhandnimmt, macht er den Anfang. Sagt ihr, was sie spielen soll. Er hat die Wahl. Die fällt ihm leicht. Es ist immer das Richtige. Karin nimmt ihn in ihren Blick; sitzt schon am Flügel, sehr aufrecht, die Arme angewinkelt, die Hände parallel und locker, in geringem Abstand über der Tastatur. Sie hält sie in der Schwebe, ist im Pause-Modus, bereit zum Spiel. Wartet auf sein Zeichen – er gibt es ihr mit seinen Augen, deren Ausdruck an Intensität gewinnt für einen kurzen Moment – dann schlägt sie den ersten Ton an. Als spielten sie Kammermusik. Er ist der Erste auch ohne Geige. Ohne sein Zeichen keine Erlaubnis zum Spiel. Die ganze Zeit über hält er sie mit seinen Augen. Dann spielt sie souverän. Dann ist sie endlich souverän. Dann gehört sie ihm. Dann wird ihnen ein unerhörtes Glück zuteil.

Naturgemäß liegen dazwischen lange Pausen. Meist ist es Karin, die wieder Fahrt aufnimmt. Eindeutig, unüberhörbar. Wenn es so weit ist, nennt er den Namen des Stückes, das sie spielen soll, träufelt die Worte zärtlich in ihr Ohr, umrundet das Instrument, stellt sich auf, gibt ihr das Zeichen mit den Augen. Wie immer. Karin spielt, brillant wie immer.

Bisweilen packte sie die Wut. Karins Wut. Hinter der glitzernden grauen Iris lauerte Wut, nur mühsam zurückgehalten. So groß, dass er erschrak – und am Ende wegging, weil er es nicht ertrug. Überließ Karin ihrer Musik und ihrer Wut. Ließ sie allein zurück im Tempel. Im Heiligtum. Die Wohnung zu verlassen, wagte er nicht. Setzte sich stattdessen an den Küchentisch, weil ihm sonst nichts einfiel. Wartete, bis es losbrach.

Eine Goldbergvariation, zuletzt. Karin wilderte durch die fünfzehnte. Im Prestissimo, im Fortissimo und grottenfalsch. Fast jeder Pralltriller ging daneben. Es war grauenhaft, und es war an ihm, die Sache zu beenden. Er nahm seine Kraft zusammen, durchmaß die Diele mit festen Schritten – wie damals in der Armee – atmete tief durch – durchatmen damals in der Armee – und öffnete mit einem Ruck die Tür. Da saß sie, kerzengerade mit hoch erhobenem Haupt. In tadelloser Haltung veranstaltete sie ihr Blutbad auf der Tastatur, die seltsamerweise immer noch weiß war. Noten lagen aufgeschlagen auf dem Notenbrett. Ihr Gedächtnis hatte sie im Stich gelassen – das auch, dachte er – und es tat ihm in der Seele weh. Sie sah kurz zu ihm hin, dann peitschte sie sich weiter, erbarmungslos, bis sie die Nerven verlor. Sprang hoch, warf sich auf ihn, schlug ihm die Noten um die Ohren. Buchstäblich. Und mit voller Kraft. Die Goldbergvariationen.

Als beide im Verlauf der tätlichen Auseinandersetzung, die nun folgte, an der blauen Urtextausgabe zerrten, um sie an sich zu bringen, jeder in eine andere Richtung, rissen mehrere Seiten. Am Ende hielt Karin den Notenband an ihre Brust gedrückt, mit aller Kraft, als müsse sie diesen bewahren vor dem Alleräußersten. Er selber hatte ein paar Fetzen in der Hand, die Fünfzehnte war dabei, beinahe die ganze zweite Seite.

Mitten in der Nacht klebten sie sie wieder zusammen, so gut sie konnten; mit Tesafilm und mit einem Grünen Veltliner. Im Bademantel. Sie waren nach dem Streit, der furchtbar war und bitter ernst auf beiden Seiten, zu guter Letzt im Bett gelandet. Als er Karins gekrümmte Finger auf sich hatte zukommen sehen, weil sie ihm die Augen auskratzen wollte – ihre Pianistenhände mit den kurz geschnittenen Nägeln – kam Beat zur Besinnung und hielt die Tobende an den Handgelenken gepackt und von sich weg. Sah, dass sie außer sich war. Zog sie wieder an sich. Eine geraume Zeit hielt er sie fest. Als auch Karin ihre Arme um ihn schlang, war der Kampf beendet. Was ihre Körper jetzt miteinander taten, unterschied sich nur wenig von dem, was sie sich gerade eben noch gegenseitig angetan hatten – nun aber nicht mehr aus Hass, sondern aus wachsender Lust. Sie hatte sich ihm hingegeben, wie sie es noch nie zuvor getan hatte, und war nach dem Höhepunkt in Tränen ausgebrochen. Er hatte sie noch lange in den Armen gehalten und gestreichelt, wie man ein Kind streichelt oder ein krankes Tier.

Das war vor einem Monat. Karins Wut war ihm rätselhaft. Ob sie selbst die Ursache kannte, bezweifelte er sehr. Zu Pino hatte er darüber gesprochen. Zu Karin aber bis jetzt kein Wort. Er seufzte, schlug den Notenband zu und legte ihn zu den übrigen auf den Klavierhocker; ließ den schweren Deckel behutsam herunter, zog die dunkelrote Samtdecke zum Schutz des schwarzen Hochglanzlacks über das Instrument. Nur wenig später machte auch er die Tür von außen zu und drehte den Schlüssel dreimal um. Einen Moment später drehte er ihn wieder zurück. Zwei Mal. Die Situation war diesmal eine andere.

»Bitte«, er nimmt ein grün kariertes Sitzpolster von der Bank, wirft es auf einen Gartenstuhl, der wackelt. Merkt wieder, wie verblichen alle Gartenmöbel sind, ungeputzt sowieso. Er zögert, schaut sie an und sieht: Es ist ihr gleichgültig. Die Brille hat sie mittlerweile hochgeschoben. Hält damit das Haar aus der Stirn, dunkles Haar, in dicken Wellen und beinahe schulterlang. Alle Augenblicke rutscht es wieder nach vorne, dauernd muss sie die Brille neu zurechtrücken, ganz automatisch, wie es scheint. Die dunklen Gläser, jetzt auf dem Kopf, haben das Himmelszelt in ihrem Fokus; das Blitzlichtgewitter hinauf in den blauen Äther. Sie rührt sich nicht; keine Holzdiele knarrt. Nicht das leiseste Knarren einer

Holzdiele, auf denen sie steht. Die liegen nämlich inzwischen dermaßen locker auf, dass jeder Schritt knarzt und krächzt. Akustische Bewegungsmelder. Keinerlei Heimlichkeiten möglich direkt am Haus.

Ihr Blick geht durch ihn hindurch. Was sie sieht, weiß er nicht. Vermutlich sieht sie alles. Weil ihm das unheimlich ist, schaut er ganz direkt in ihre Augen. Die sind braun oder schwarz und liegen halb verborgen hinter Lidern, wie sie Chinesinnen haben. Bei dem Licht nicht ganz eindeutig auszumachen. Wie alles an ihr. Nichts Eindeutiges, und wieder der Impuls, sie zu berühren. Die Haarsträhne aus ihrer Stirn streichen. Mit den Fingern über die dunklen, dichten Augenbrauen fahren. Sie spricht nichts. Sie hört nichts. Sie sieht nichts. Sie ist anwesend auf eine aufreizende Art. Anwesend, weil sie es möchte. Und so lange sie es möchte und wie sie es möchte. Im Augenblick eben gerade so. Ab jetzt er also auch. Lässt es laufen. Ab jetzt alles richtig, was er tut. Das Allerdümmste auch. Oder gerade das.

Also weiter auf seine Weise, plaudernd: die Gartenmöbel, uralt. Im Grunde nicht mehr zumutbar. Sein Lächeln währenddessen: natürlich zumutbar. Noch ganz Anderes wäre zumutbar. Er hält es in der Schwebe. Darin ist er ein Meister. In dieser Kunst ist er auch Karins Meister.

Seine Frau leide ernsthaft. Vor allem ästhetisch.

Nicht schön, nur dies. Keine Begründung. Sie habe schlicht keine. Zum ersten Mal sage er das laut. Die Sonne bringe es an den Tag, so wolle es das Sprichwort; erst recht eine wie diese. Beide blicken unwillkürlich hinauf in der Erwartung einer Bemerkung von oben. Amüsieren sich, als sie es merken. Er macht weiter: Weil sie keine brauche. Seine Frau habe keine nötig. Handele vielmehr ganz und gar aus einem Instinkt heraus, der ihr die Information *schön* oder *nicht schön* liefere. Ein binäres Model. Anders verwitterte Gartenmöbel, mit spitzer Oberlippe habe sie das gesagt, anders verwitterte Möbel nämlich seien sehr wohl schön.

»Korrekt verwitterte.« Es sei ihm herausgerutscht, und damit habe er den Abend verdorben.

Er sei noch nicht etabliert. Erst tags zuvor noch spät von Zürich heraufgekommen. Im Chalet alles noch vom Winter her. Er wisse gar nicht, wer hier zuletzt gewohnt habe. Das Haus sei im Familienbesitz. Er spreche von seiner Familie. Eine alte Familie, seit Generationen in Zürich und mittlerweile weitverzweigt. Ein Haufen Leute habe Anspruch auf das Haus. Er wisse gar nicht, wie viele. Er müsse erst rechnen, bevor er eine Zahl nennen könne. Irgendwo gebe es auch Unterlagen. Sie seien eine Erbengemeinschaft, natürlich vollkommen zerstritten. Aber das ändere sich gerade. Er lächelt mit den Augen, hält sie fest mit seinem Blick. Er steht jetzt aufrecht, die Hände tief vergraben in den Taschen einer Leinenhose, die er mit einem Ledergürtel am freien Fall bis auf die Knöchel hindert. Er plaudert leicht, sein weiches Zürichdeutsch hüllt sie ein wie in eine Decke.

Einen Belegplan gebe es immerhin. Den habe man erstellen müssen. Darüber sei Einigkeit erzielt worden. Nach einem Weihnachten mit Vollbelegung. Keiner habe zurückstecken können. Am zweiten Feiertag sei man handgreiflich geworden. Seither sei das Haus an Ostern für ihn reserviert. Er strebe an, die anderen auszuzahlen. Man stehe kurz vor der Einigung. Im Herbst könne es so weit sein. Dass er es für Karin tat, sagte er ihr nicht.

Aber was rede er, der Kaffee müsse noch warm sein, nochmals neuen gemacht vor nicht mal zehn Minuten. Dabei habe er sie übrigens gesehen. Also nicht sie persönlich. Dass es sich um eine Dame handele erst nach längerem Hinschauen. Da habe er schnell wieder das Hemd angezogen, bevor er sich ihr genähert habe. Er hoffe, einigermaßen bestehen zu können, wie er da vor ihr stehe. Aber er genieße es, denn wochentags immer korrekt. Von Berufs wegen. Was er altersmäßig nicht mehr müsse. Es sei nachgerade ein Luxus, den er sich leiste, wenn er noch arbeite, da er die Kanzlei alleine führe. Die Sekretärin, das ganze Drum und Dran auch für einen allein notwendig. Das leiste sich heutzutage kaum noch jemand.

Ob der Kaffee genießbar sei? Sonst mache er rasch frischen. Er verstehe sich darauf. Auch seine Frau habe das zugeben müssen, die im Übrigen nicht mitgekommen sei. Der Meniskus. Kein Hochgebirge. Er sei allein. Bis Montag. Gründonnerstag bis Ostermontag allein. Er habe noch nicht darüber nachgedacht, wie ihm das gefalle.

Er hört auf zu reden. Sitzt auf der Bank, die langen Beine in den weiten Hosenbeinen ausgestreckt, die Hände um die Kaffeetasse mit dem Edelweiß und der Alpenrose. Auf ihrer steht *Auf Wiadrluege*, aber sie rührt sie nicht an. Die Lippen hat sie leicht geöffnet. Wie Kirschen, denkt er, wie Herzkirschen.

Kirschen: Damals war ihm, als flögen sie buchstäblich heraus aus dem Mund der Mutter. Dunkelrot und glänzend, mit einem sanften Knall, wenn sie das Wort aussprach. Er sah seine Mutter wieder vor sich. Am hintersten Ende des Gartens, weit weg vom Haus, unterm Kirschbaum, den Korb neben sich auf dem Rasen. Der ist schon halb gefüllt mit Kirschen, die er für sie herunterholt. Es ist Juni und heiß, er sieht deutlich die Schweißperlen auf der Stirn der Mutter, die die Leiter festhält und zu ihm nach oben schaut. Bis in die Krone des Baumes steigt er, dem Verbot des Vaters trotzend, den Vögeln Konkurrenz machend. Dort oben nämlich die allerschönsten. Er muss sich ganz lang machen, und oft erreicht er die alleobersten gerade noch mit den Fingerspitzen. Versucht, sie zu fassen. Legt sie behutsam zu den anderen in dem Säckchen, das an seinem Gürtel hängt.

»Dora.«

Ihre Stimme: ein dunkler Alt.

»Ich bin Dora.« Aus heiterem Himmel. Eine Sekunde lang hatte er geglaubt, sich verhört zu haben. Er sei zusammengezuckt, behauptete sie später, sie habe es zwei Mal sagen müssen. Zwei Mal habe sie ihren Namen gesagt. Das zweite Mal ziemlich laut sogar. Da habe er erst aufgehorcht. Das mochte sein. So viel Präsenz kam unerwartet. Dora also. Dora hatte sich geschüttelt, einmal kurz und heftig wie ein Hund, der die Nässe aus dem Fell schleudert; hatte sich in Position gesetzt, sehr aufrecht jetzt, und sah ihn an. Ungeniert und unverwandt wie seine Tochter, als sie klein war. Er war verwirrt. Seinen Nachnamen hatte er auf der Zunge gehabt. Aber das lief hier irgendwie anders.

»Beat.«

Den Blick gab er zurück. Blinzelte. Wusste nicht, woran er war. Kannte sich nicht aus mit ihr. Champagner, dachte er, und ging ihn holen. Das tat er immer in solchen Fällen und war nie verkehrt. Auch hier nicht, obgleich der Fall kein solcher war. Ein besonderer war er aber doch, da sie ihn reizte auf ihre Art. Draufkommen wollte er ihr, auf die Schliche kommen. Dahinter kommen, wer sie sei. Der Champagner war gut. Der war spitzenmäßig. Mehrere Kisten davon hatte er in seinem Keller. Von einem dankbaren Mandanten: Für den könne er sich verbürgen. Eine Scheidungssache. Er habe dem Mann ein paar Franken retten können. Gerade so viel, dass der jetzt noch etwas zu beißen und zu brechen hätte. Da lachte sie laut. Zum ersten Mal lachte sie. Dass er sie zum Lachen bringen konnte, das war ein Wunder. Die lachende Dora. Das war das große Wunder für ihn. Es war so einfach gewesen, beinahe unter der Hand war das gelungen. Ein Nebeneffekt sozusagen. Ihr Lachen kam federleicht. Beide tranken rasch, er schenkte nach. Sie leerten die Flasche in kurzer Zeit. Als er sich anschickte, eine neue anzubrechen, stand sie auf. Verabschiedete sich.

»Heute Abend?«, fragte er. Sie sah ihn an. Öffnete den Mund und schloss ihn wieder. Keine Antwort von Dora. Sie nahm die gespurte Straße Richtung Dorf. Er sah ihr nach, wie sie mit langen Schritten voranstürmte; legte Abstand zwischen ihn und sich. Er wandte sich rascher zurück zum Haus, als es seiner Gewohnheit entsprach, wenn er Gäste hinausbegleitete. Sah nicht mehr, ob sie sich noch einmal umdrehte nach ihm, ihm zuwinkte, ehe sie vollständig verschwunden wäre. Er hätte nicht gewusst, wo sie wohnte noch was sie tat, beruflich etwa. Dass er zu viel über sich geredet hatte, mochte sein. Dass Dora sich verbarg, zog er in Betracht.

Warum die Zeit mit ihr so rasch verflogen war, hätte er nicht sagen können. Ihm war leicht zumute, was vom Champagner kam. Aber auch schwer. Was von Dora kam. Ein Satz von ihr, der ihn vor den Kopf gestoßen hatte. Er versuchte, sich zu erinnern. Vergeblich.

3

Kurz darauf fuhr er nach St. Moritz, parkte direkt vorm Hanselmann. Kein Mensch auf der Straße. Kein Mensch im Hanselmann. Kein Kuchen im Schaufenster. Karfreitag Nachmittag war alles zu. Keine Cremeschnitten. Das erste Ostern ohne Cremeschnitten von Hanselmann. Nicht, dass er sie hätte essen wollen. Behüte. Er mochte sie wirklich nicht. Viel zu süß. Viel zu cremig. Langweilig über die Maßen. Schon lange hegte er den Verdacht, dass es Karin genauso ging. Ihre Leidenschaft für die Hanselmann'schen Schnitten, und nur für diese, und nur an Ostern. Was sollte das? Aber er behielt es für sich. Karin brauchte diese Schnitten, das hatte er begriffen. Er war sich beinahe sicher, dass sie wusste, dass er es wusste. Und ebenso sicher wusste er, dass er am nächsten Vormittag ein zweites Mal nach Moritz fahren würde, um die Cremeschnitten zu besorgen für seine abwesende Frau.

Seinen großen Koffer, der immer noch im Auto lag, nahm er mit ins Haus nach seiner Rückkehr. Schleppte ihn nach oben, zerrte ihn hinter sich her durch den schmalen Flur und stellte ihn fürs Erste ab vor dem Nadelöhr am Wäscheschrank. Der dort nicht hingehörte, weil er den Weg versperrte. Der gehörte Karin. Den hatte sie angeschleppt, vor vielen Jahren. Gott weiß, wo sie den aufgetrieben hatte. Hatte ihn heraufschaffen lassen, ein Ungetüm, ein paar hundert Jahre alt und entsprechend verwittert. Korrekt verwittert in diesem Fall. Innen aber leuchteten Rosen in allen Farben, ganz frisch. Der Schrank kam vom Restaurator. Hätte er sich denken können. Auf den Fachböden weißes Linnen mit Spitzenrändern. Darauf Wäschestapel, kerzengerade, gemangelt, Kante auf Kante, Kopfkissen klein, Kopfkissen groß, Bettbezüge, Leintücher. Nach frischer Stärke duftend. Leinen. Damast. Alles in Weiß. Bettwäsche, Tischwäsche: schneeweiß und mit Monogramm. Karins Schrank. Immer verschlossen. Den Schlüssel behielt sie bei sich. Zwischen Elternschlafzimmer und Kinderzimmer. Im Oberstock.

Millimeterarbeit. Karins Meisterstück. Ihrer Redegabe wurde alles abverlangt. Plus horrende Trinkgelder: Der falle auseinander, zu groß sowieso. Einfach unmöglich. Die Verantwortung lehne man ab. Die Möbelträger wussten, was sie sagten. Schon die Haustüre zu schmal. Zu niedrig. Ein Unding. Aber sie hatten ihn durchgebracht, mühsam und entsetzlich fluchend. Karins Augen hatten geleuchtet. Wie bei den Goldbergvariationen.

Am Fuß der steilen Treppe nach oben schien endgültig Schluss. In solchen Augenblicken, wenn Karin in Hochform war, liebte er sie wahnsinnig. Dass die Kerle, Muskelpakete, tätowiert und schwitzend, am Ende doch tun würden, was Karin wollte, wusste er. Karin, schmal und kühl, die richtigen Worte sprechend. Er hatte die Szene klar vor Augen. Noch nie hatte er sie so heftig begehrt. Kaum waren die Männer weg, hatte er sie ins Schlafzimmer gezerrt. Beinahe gewaltsam; überfallen hatte er sie. Und sich sehr gewundert. Karins Hochform hielt an.

Sie war elegant, auch wenn sie nackt war. Das Abendtäschchen nahm sie mit ins Bett. Trug es noch, wenn sie mit ihm schlief. Rein bildlich gesprochen. Eine Dame zu vögeln, dachte er immer wieder und schämte sich dafür, das war das Geilste überhaupt. Es hatte ihn erregt – und auf Distanz gehalten. All die Jahre über. Es hatte ihn verwirrt und beunruhigt; mit der Zeit war geneigt zu glauben, dass es so sein müsse.

An diesem Abend sah er Dora nicht mehr. Was sie am Nachmittag gesprochen hatten, erinnerte er nicht, nach wie vor. Dass sie auf die Uhr gesehen, dass der Champagner ihr gemundet hatte, dass sie nach einer Stunde fortgegangen war, das war ihm geblieben.

Er lag draußen auf seiner Liege. Auch ein scharfer eisiger Wind von Süden vertrieb ihn nicht. Der wirbelte

Klänge herunter, ernste diesmal, denn droben war man religiös gestimmt. Später läutete es vom Dorf herüber: Was man dort beging, wusste er nicht. – Mit der Dunkelheit war die Kälte gekommen. Bittere Kälte. Die kroch tief in Beats Körper und bis hinein in seine Seele. Er hüllte sich fester in seine Decke. Die war durchgescheuert und verblichen wie die Polster drinnen. An den Rändern aber – immer noch kenntlich – Gamsbock und Gämse, einander zugewandt. Eine wärmere gab es nicht. Er rührte sich nicht mehr. Es war vollkommen still.

In Wahrheit hatte der Nachmittag sich tief in sein Gedächtnis eingegraben: Warum er, Beat, glaube, er bekäme sie, Dora, in sein Bett, indem er ausschließlich über Karin, seine Frau spreche, sei ihr schleierhaft. Das hatte Dora gesagt, und ihm sauste der Kopf, als es ihm wieder einfiel. Mühelos leicht luftig, geradezu heiter, schlug sie den Satz zu ihm hinüber. Dass sie keineswegs Federball spielten, dämmerte ihm erst später. Mit einer Chuzpe, die ihm zunächst den Atem verschlagen hatte: lächelnd, sanft, ja gütig, war Haarsträubendes aus ihrem Mund gekommen. Dass er nichts dergleichen gesprochen haben konnte, da ihm nicht danach zumute war, hatte er für sich behalten. Was hinter diesen Mandelaugen und unter der dicken, fahlen Haut vorgehen mochte, hätte er gerne gewusst. Nicht leicht herauszubringen. Und nicht seine Aufgabe, dachte er. Seelenfundamentale Sachverhalte dieser Art mochten andere herauspräparieren. Erbarmungslosere, als er es war. Ans Licht des Tages holen. Erbarmungslos, er sagte es laut, Erbarmen, Barmherzigkeit, fremde Worte. Er suchte nach Sternschnuppen am nachtschwarzen Himmel. Vergeblich. Dass Doras Erinnerung eine andere sein würde, davon musste er ausgehen. Karin hatte ihm das klargemacht. Wenn Dora und er später ihre Erinnerungen übereinanderlegen würden, wenn es überhaupt dazu käme, dachte er, wären sie erstaunt über die doch sehr kleine Schnittmenge. Ob er Doras Erzählung hören mochte, bezweifelte er. Dass er sie wiedersehen würde, bezweifelte er nicht. Ob ihm das recht war, hätte er nicht sagen können.

Er schlief bis weit in den Vormittag hinein. Als er die Fensterläden öffnete, sah er den Neuschnee. Massenhaft neuer Schnee war in der Nacht gefallen, es war gespurt, und Langläufer und Spaziergänger bewegten sich kreuz und quer über das Schneefeld. Auf dem See waren frische Stangen gesteckt: blau für Langläufer, rot für Fußgänger. An den Kreuzungen Papierkörbe *Haltet die Schweiz sauber* in drei Sprachen. Bisweilen eine Bank. Die Sonne strahlte. Auf seiner Terrasse frische Fußspuren. In der Liege lag jemand. Eine Frau. Ihre Sonnenbrille blitzte nicht. Es war Karin.

Sie war in keinem guten Zustand. Von Entspannung keine Rede. Von süßem Schlaf noch weniger. Allenfalls von Auflösung. Ohne Umstände war sie offenbar hineingefallen, mitten hinein in die Liege, die fast schon wieder trocken war und silbern schimmerte im gleißenden Licht des Spätvormittags. Karins Haar aber schien noch nass, klebte strähnig auf Stirn und Wangen, und ihr heller Stadtmantel war dunkel vor Feuchtigkeit. Es war nichts aus ihr herauszubringen. Auf keine Frage erhielt er Antwort. Karin schwieg.

Als sie den Mund aufmachte, war es Nachmittag. Ins Haus hatte sie nicht gewollt. Nur mit Gewalt hätte er sie aus der Liege bringen können. Er war gerannt mit Decken, Tee und Tütensuppe; hatte mit Widerstand gerechnet. Der blieb aus. Sie nahm den Tee in kleinen Schlucken; ließ sich die Hühnerbrühe löffeln. Er schälte sie aus ihrem Mantel, hüllte sie in seinen Daunenanorak. Alles nahm sie hin. Ließ sich's gern gefallen. Beim Mittagsläuten fuhr er hoch, sah zur Chastè hinüber. Jemand stand am Saum des Waldes. Bewegungslos, aufrecht, blickte unverwandt in seine Richtung. Es war Dora, zweifellos. Nach einer Weile bewegte sie den Arm. Aber sie winkte nicht. Sie warf ihm eine Kusshand zu. Eindeutig. Eine Kusshand. Nach einer Weile hob er seinerseits den Arm, aber nur leicht. Um das zu erkennen müsste Dora Augen wie ein Adler haben, dachte er und grinste. Die hatte sie nicht, das wusste er. Dora hatte Mandelaugen, und was die sahen, wollte er nicht wissen.

Was Karin widerfahren war – im Einzelnen und in chronologischer Reihenfolge – erfuhr Beat nicht. Karins Erinnerung war lückenhaft, immer wieder musste er nachfragen. Sie gab sich rührend Mühe; wollte es ihm recht machen. Weil sie sich quälte, ließ er es gut sein. Was er sich zusammenreimte, genügte ihm ohnehin.

Es war die Musik, was sonst. Nämlich die Jazzmusik. Warum auch nicht. Und ein Pianist. Ein begnadeter. Naturgemäß. Um den ging's in Wahrheit, und nicht um die Jazzmusik, wenn man ihn fragte. Das Jazz-Piano spielte der wie wenige. Anbetungswürdig, das Wort war neu und ihm gefiel es gar nicht. Karin betete ihn an. Das waren ihre Worte. Unter Schluchzen hervorgestoßen, er war kaum hinterhergekommen mit den Taschentüchern. Ein schönes Gebet, weiß Gott! Von einer Session war die Rede, bei der Karin auf den Knien lag, rein bildlich gesprochen, nahm er an zu ihrer beider Gunsten, und von Unterricht. Den hatte sie auch. Einzelstunden, viele, soweit er mitgekommen war, und teuer. Unbezahlbar im Grunde, sagte Karin, ein Genie. Bezahlt hatte sie aber doch; er hatte es wissen wollen. Sie hatte bezahlt. Nach jeder Stunde cash auf die Pianistenhand. Damit sie auf des Meisters Knien sitzen durfte, er stellte es sich vor mit Bitternis und Hohn, vor dessen Tastatur. Sie spielte ihm auf und er spielte mit ihr und dann spielten sie gemeinsam. Vierhändig. Die Kunst der Improvisation, sagte Karin. Die Kunst der Verführung durch einen Scharlatan mit den Mitteln der Musik, wenn man ihn fragte, und der Titel für eine Anklageschrift, die er gern geschrieben hätte. Vierhändig. Ihm wurde übel und er schluckte hart und mehrfach, bis er das Bild hinunter hatte.

Radikal, auch dieses Wort war neu. Radikal und unerhört und außerordentlich gefragt. Der Kerl war gefragt. Allerdings! Das glaubte er gern. Der nahm Studierende auf. Auch so ein Wort. Damit im Dunkeln blieb, was lichtscheu war. Weil es Studentinnen waren, die er nahm. Das war der Fall. Damen auch. Nämlich Karin, nachdem sie butterweich war, windelweich gekocht in Monaten der Knechtschaft an ihrem Instrument. Blue Notes hatte sie geübt. Tonleitern massenhaft, aber andere. Jazztonleitern und sich schwergetan. Daher die Wut. Nichts hatte er gehört; also heimlich. Tagsüber, wenn er im Büro war.

Sein Verdacht, dass die Ehrenschmitt im Bilde war. Im Bunde, womöglich. Mitgeholfen hatte, dass er nichts mitbekam. Was sie gründlich erledigt hatte. Nur die Wut war übrig geblieben. Die hatte die Ehrenschmitt nicht in der Hand. Die lag in Karins Augen. Ihre wachsende Wut, weil sie so lange brauchte, wo sie sonst rasend schnell begriff.

Schlussendlich war es ein Desaster. Weil man den Jazz nicht lernen konnte. Nicht mit dem Kopf, hieß das. Den man im Körper haben müsse. Den Jazz habe man im Körper. Karin sagte dies mit einer Geste der Hilflosigkeit und einer Wehmut, die ihn aufbrachte und erschütterte. Sie sprach so leise, dass er sich tief zu ihr herabbeugen musste, um sie zu verstehen.

»Ja?«, fragte er, sein Ohr an Karins Mund. Sie war gescheitert und verworfen worden. Oder hinausgeworfen worden. Er verstand nur mehr Bruchstücke, reimte sich's zusammen. Denn der Jazz war auch nicht in ihrem Blut. Er war nirgendwo, was Karin anging. Sodass sie lästig war, ein Störenfried. Elend war sie gewesen. Karfreitag war sie in großer Not, während er Champagner trank und in der Sonne saß.

Der Orthopäde fiel ihm ein. Meniskus, Askese und der Meisterkurs, alles in raschester Folge. Ob der im Spiel war oder selber spielte oder ob der Orthopäde womöglich jener war, auf dessen Knien Karin gesessen hatte, im Spital oder im Allgäu oder wo auch immer, auf jeden

Fall vor einer Tastatur, war eine Frage, die er auf alle Fälle stellen würde und auf die er eine Antwort haben musste. Ein Anfangsverdacht, mindestens.

Auf Abwege war sie geraten. Das war's, was ihn betraf. Der Rest war Schaum und Zuckerwerk und Augenwischerei. Vollständig unerheblich. Karin hatte gesucht und gefunden. Punktum. Nämlich Künstlerisches zunächst, warum auch nicht. Das nahm er ihr ab. Hatte das Klassische hinter sich lassen wollen, pianistisch, seit Langem schon. Karins große Sehnsucht lag in etwas Neuem, musikalisch Unerhörtem. Sie hatte von Regellosigkeit gesprochen, die ihr nottat. Und von allem Möglichen.

Alles Mögliche hatte sie gesucht. Immer war Karin auf der Suche. Auch noch in den Augenblicken, in denen sie ganz und gar bei ihm war, wurde er das Gefühl nicht los, sie suche etwas nebenher, mit einer Hand, es wäre die rechte in so einem Augenblick, er wusste es, und unvermittelt überschwemmte ihn eine so große Zärtlichkeit, dass er nach Luft rang. Ihre freie Hand, tastend über dem weißen Laken ihres Ehebetts, unaufhörlich, wie Schwerkranke es tun. Die suchenden Hände der Sterbenden über der Bettdecke. Seine, Beats, Fantasie, niemals ausgesprochen. Jetzt kam sie wieder mit großer Deutlichkeit. Karin war ihm zurückerstattet. Schwerkrank nicht, aber doch krank genug, dass er nicht weiter wusste. Hinausgeworfen hatte sie der Kerl. Oder doch in einer Art behandelt, dass Karin fortgegangen war. Hals über Kopf und erheblich ramponiert. Das war sein Wort. Ramponiert. Es war ein Wort, das ihm Erleichterung verschaffte.

»Lass uns hineingehen«, sagte er schließlich. »Du bist ganz kalt.«

Er ließ ihr ein Bad ein.

»Kein Bad«, sagte sie. »Nur noch schlafen.«

An der Schwelle zum Schlafzimmer blieb sie stehen. Als sei der Raum ihr fremd. Kam nicht weiter. Er schlug ihre Bettdecke zurück und deutete mit der Hand auf die Liegefläche.

»Komm«, sagte er und schüttelte den Kopf, als sie begann, sich auszuziehen.

»Nur die Schuhe«, sagte er.

Als sie eingeschlafen war, ging er nach unten. Auf Zehenspitzen. Wonach ihm der Sinn stand, wusste er nicht. Das Schneefeld war menschenleer und lag bereits im Schatten. Jetzt hätte er die Loipe ganz für sich allein. Aber er wollte nicht. Seine Langlaufskier lagerten im Keller, fabrikneu oder höchstens einmal benutzt: Er fuhr alpin. Im Kurzschwung den Corvatsch hinunter. Auf dem Morderratsch. Die Corviglia: Er fuhr jeden Schwierigkeitsgrad. Nicht auf Carvern, wohlgemerkt: keine Carver! Carver waren Betrug. Skifahren light für Größenwahnsinnige. Die rasten los und rammten sich das Hirn ein, weil sie das Tempo nicht beherrschten. Solange er schwarze Pisten fuhr ohne Zwischenhalt, an den Kerlen vorbei, die herumstanden, um die Landschaft in sich aufzunehmen, in Wahrheit aber Sauerstoff aufnahmen, weil ihnen bei jedem zweiten Schwung die Puste ausging, solange fuhr er hochalpin und Karin auch. Und hinterher ein Ruhepuls, den ihm keiner glaubte.

4

Jetzt sah er Mimi: Miranda, eindeutig, trotz der Entfernung. Auf der Loipe trainiere eine Amazone. Eine Kampfsportlerin beim Biathlon. Langlaufen auf Zeit mit Lanzenwurf: Karin hatte zugespitzt und getroffen hatte sie's auch, denn Mimis Fahrstil auf der Loipe war einzigartig. Ihre Skistöcke schmiss sie weit voraus in einem kühnen Bogen und stach am Ende blitzartig auf den Schnee herab wie der Steinadler auf das Murmeltier. Rechte Lanze linke Lanze, Rhythmus und Takt vollkommen regelmäßig. Und rasend schnell. Das war hohe Kunst. Und eine Schnapsidee. Denn es war hochriskant. Nur Mimi konnte darauf verfallen. Sie war ein Raubtier, und diesen Winter trug sie Schwefelgelb. Anzug, Mütze, Handschuhe schwefelgelb, aber seidig schimmernd.
»Nein! Mimi! Zu schön!«
Karin hatte sich aufgeführt bei Mimis Anblick, als ginge sie selbst in Lumpen. Hatte sogleich rhetorische Feuerwerke zünden müssen, sprachliche Leuchtkugeln zum Himmel hinaufgeschossen, wo sie zerplatzten und es golden auf sie herniederregnete, bis sie an Glanz mit Mimi gleichauf lag. Mitten auf dem Dorfplatz beim Pferdekutschenstand, zwei Tage vor Heiligabend, hatte sie gejauchzt und frohlockt, als bringe sie die frohe Botschaft unter die Leute; die tranken Glühwein und freuten sich auf ihre Dinner, die sie nicht selber kochen mussten. Im Edelweiß schimmerte art nouveau durch die Bleiglasfenster, und ein einzelner warmer Geigenton drang heraus, fror erbärmlich und wurde dünn, bis er verklang.

Das Streichquartett stimmte offenbar fürs Dinner. Im Edelweiß esse man kammermusikalisch unterlegt, ganz grundsätzlich, sagte Karin maliziös und sehr vernehmlich, weil sie sonst nichts hinunterbrächten. Sie hatte sich wahrhaftig nicht lumpen lassen. Die Kerle auf ihren Kutschböcken hielten Maulaffen feil und grienten. Ihm war es peinlich. Aber der Anzug hatte was. Das war offensichtlich: Er war von jener dreckigen Eleganz, die nur Italiener zu tragen verstehen. Mimi war Römerin. Miranda Fratelli. Karin hatte sie ihr Haus geöffnet und wenig später auch ihr Herz. Karin und ihm auch. Auf Anhieb, kaum dass man sich das erste Mal begegnet war.

An jenem Nachmittag hatten sie Tee getrunken. Danach Pflümli. Wie viele, hätten sie hinterher nicht sagen können. Aber unvergessen, bis heute. Karin und Mimi saßen auf den beiden Ledersofas einander gegenüber, kerzengerade die eine, die hielt die Beine beisammen, parallel und schräg nach unten. Denn Karins Beine waren lang und schimmerten golden im indirekten Licht. Die Berührung ihrer Füße mit dem Boden war zart und federleicht. Die andere hatte Anker geworfen, Mimis ehrliche Beine auf festem Grund. Zwei Säulen, die trugen. Die beiden Sitzmöbel waren gewaltig; Monolithe, alterslos. Zerbeult, das Leder speckig und abgenutzt. Mächtige Festungen, die bargen. Wer darin saß, war sicher. Längst waren sie in jenem Zustand, der jede Schonung überflüssig machte.

Es sei diese Gleichgültigkeit gewesen, diese totale Indifferenz, die von ihnen ausgegangen sei, sagte er später zu Pino, die er gespürt habe, obgleich er selber gar nicht darin saß, die sich Karin mitgeteilt haben müsse. Keinerlei Rücksichten nötig; jede Umsicht verfehlt. Stattdessen Freiheit. Da habe sie sich gehen lassen können. Ihm hatten sie den Ohrenbackensessel überlassen an der Schmalseite des niederen Couchtisches, der zwischen den beiden Sofas stand. Ob Fex dabei gewesen war, erinnerte er nicht. Wohl aber den zweiten Sessel ihm gegenüber, in welchem Fex gesessen haben müsste. Als vierter Mann.

Auf der gläsernen Tischplatte türmten sich nach kurzer Zeit Flaschen und Gläser. Karin hatte rasch Fahrt aufgenommen, ihre Augen glänzten. Sie sprach von Gott und der Welt. Von Himmel und Hölle. Und von der Musik. Himmelsmusik im Bündnis mit dem Teufel. Aha, hatte er gedacht, und oha! Das war neu und sie war brillant. Glückselige Erwartung gegenüber. Mimis Lippen standen ein wenig offen, und ihre römischen Augen traten kugelig hervor und beinahe heraus aus ihren Höhlen wie Schneckenaugen auf schlanken Stielen, die sie Karin entgegendehnte, bis sie beinahe durchsichtig waren wie gespannte Bogensehnen und zu reißen drohten. Vor Verlangen, dachte er später, das war das Wort, und er hatte sich über sich selbst gewundert. Er sah abwechselnd nach rechts und nach links, als müsse er die Punkte zählen. Saß wieder oben auf dem Schiedsrichtersitz, rein bildlich gesprochen. Zwölf Jahre war er Arbitre im ATC. *Avantage Service*, *Avantage Retour* oder auch *Jeu* oder *Faute* verkündete er denen da unten und den Zuschauern rundum mit heiterer Liebenswürdigkeit und in elegantestem Französisch. Jeder andere Klub in Zürich hätte ihn nur zu gern aufgenommen. Kein freies Wochenende während der Saison. Neuerdings alles auf Englisch. Aber das war nach seiner Zeit. ›Nach meiner Zeit‹, das war neu. Karin hingegen war im Augenblick so dermaßen richtig in ihrer eigenen Zeit und so ganz und gar bei sich, dass er einen Kloß im Hals hinunterschlucken musste, während er unverwandt den Blick auf sie gerichtet hielt. Das war ihre Art von Glück. Da sie ihrer Hände wegen niemals Tennis gespielt hatte, gab er es auf, als er sie kennenlernte.

Ohne es zu merken, hatte er sich eingeschwungen in den Rhythmus der Frauen. Die schlugen den Ball übers Netz, punktgenau ins Feld der anderen, wo er, kaum aufgeschlagen, schon wieder in die Gegenrichtung flog, hin und her, rasch und sehr regelmäßig im Takt. Hin und her. Beat hätte nichts mehr zählen können. Er war berauscht.

»Dio mio!« Mimi seufzte tief und lustvoll.

Lustvoll, weiß Gott, sagte er später zu Pino. Aus den Tiefen von Mimis beachtlichen Brüsten habe sich dieser finale Seufzer entwunden und sich entladen. Den ganzen Salon durchtränkt, sodass er, Beat, Mimis Lust geatmet habe bei jedem Atemzug. Und den Pflümli auch. *Alla Salute* zweistimmig, furchtbar schrill und so unvermittelt, dass er jedes Mal zu Tode erschrak, oder doch beinahe. Darauf brüllendes Gelächter. In jener Nacht hatte Karin ihre Schuhe an den unteren Bettrand gestellt. In die Mitte. Hüttenschuhe. Keine Stilettos im Hochgebirge.

Als Kulturbeauftragte war Miranda zweifellos die Idealbesetzung. Seit Langem hielt sie den Posten fest in ihren Händen und der Erfolg gab ihr recht. Ihre wöchentlichen Führungen durch das Nietzsche-Haus fanden auch bei schönstem Wetter den allerstärksten Zuspruch. Was sie nicht wusste, lieferte ihr Mann, den niemand wirklich kannte, auch Beat nicht, da er selten in Erscheinung trat. Bescheiden, sagte Karin, ungewöhnlich bescheiden und in gleichem Maße klug. Sie, Karin, stehe nicht an, ihn weise zu nennen. Das war stark, aus Karins Mund. Er hörte auf den Namen Fex, da Mimi ihn so nannte, und mehr bedurfte es anscheinend nicht. Kein Aufheben, sagte Karin, darauf lege er Wert. Vor allem Mimi, dachte Beat, aber er behielt es für sich. Fex also brachte immer neues Material, Quellen, wissenschaftlich, um die man sie beneidete im Flachland; sein Ruf in akademischen Kreisen sei ausgezeichnet, sagte Karin. An seiner Kompetenz bestehe kein Zweifel. Die Performance allerdings war eindeutig Mimis Sache. So trieben sie das Geistesleben im Ort voran, und Mimi hielt ihre Hand darüber. Mit Karin war sie sehr befreundet.

Inzwischen hatte Miranda ihren Kurs geändert und arbeitete sich durch den Tiefschnee direkt auf ihn zu. Als er merkte, dass ihm das nicht passte, hatte sie bereits abgeschnallt. Links und rechts vom Gartentürchen staken ihre Stöcke tief im Schnee. Zwei Lanzen, sehr aufrecht. Die standen jetzt Posten.

»Also doch!«

Mimis Freude war echt. Sie sei also doch heraufgekommen. Karins Auto in der Einfahrt: Im letzten Moment habe sie es noch gesehen. Magnifico! Mit nichts anderem habe sie gerechnet, um die Wahrheit zu sagen. Tief in ihrem Innern habe sie gespürt, dass Karin doch noch heraufkommen werde.«

Karin schläft.« Es rutschte ihm heraus. Prompt wollte sie ins Haus.

»Kann ich reinkommen?«, fragte sie.

»Ja«, sagte er. Fühlte sich machtlos. Die Beine gaben nach. Er hielt sich an der Türe fest, tat so, als hielte er sie für Mimi auf, um es zu verbergen. Miranda also auch, dachte er. »Doch noch heraufgekommen«, das war eindeutig. Mimi wusste Bescheid!

In der Stube war es heißer als gewöhnlich. Von der Küche aus hatte Beat den Kachelofen befeuert, damit Karin es warm hätte, wenn sie herunterkäme. Jetzt saß Mimi auf der Ofenbank und presste ihren Rücken gegen die zartblauen Kacheln. Sie trug mittlerweile Handgestricktes aus dem Bergell. Ein Schaf in Wollweiß, so kam sie ihm vor. Den Anzug hatte sie draußen gelassen. Beat sah ihn durchs Fenster, gerade noch erkennbar im schwindenden Licht: eine leere Hülle, schwefelgelb, weit auseinandergefaltet, in seiner Liege.

»Gib mir einen Enzian«, sagte Mimi.

»Kein Enzian«, sagte er. »Tee, wenn du willst.«

»Kein Tee«, sagte Mimi. »Komm, setz dich neben mich. Hier ist es warm.«

Er setzte sich neben sie und schwieg. Mimi auch. Hinter ihrer beider Rücken knisterte das Feuer und Scheite knackten. Einmal schrie Mimi auf, als ein Strohhalm sich in ihren Hintern bohrte.

»Kennst du den Mann?«, fragte er.

»Welchen Mann?«

Dass sie heuchelte, lag auf der Hand. Einen Moment

lang war er versucht, es dabei zu belassen. Er hätte es gerne getan. Aber der Zeitpunkt war schon verstrichen.

»Das weißt du genau«, sagte er. Sie sah ihn an, dann rückte sie von ihm weg. Beinahe wäre sie dabei zu Boden gegangen. Die Bank war kurz.

»Mach den Mund auf. Das bist du mir schuldig«, sagte er. »Verdammt noch mal!«

Aber Mimis Lippen hielten dicht. Kein Kussmund mehr. Nur ein dünner Strich, schräg nach unten verlaufend. Ihren ganzen Körper hielt sie dicht, spannte ihn an und machte sich klein, die Hände umklammerten die Sitzfläche. Vor Anstrengung zitterte sie leicht. Ihre Augen hielt sie starr auf ihn gerichtet. Sie schien erkannt zu haben, dass da nichts zu machen war. Diese irre Lust, sie zu packen, dieses Unschuldslamm zu schütteln, so lange, bis alles herauslief, was sie wusste. Er hatte über ihr gestanden, regelrecht aufgepflanzt hatte er sich, sodass sie zu ihm aufschauen musste, ganz klein war sie auf ihrer Bank. Die Angst in ihren Augen hatte er sehen wollen, aber nichts gefunden. Nur Entschlossenheit. Und die Wut darüber, dass sie keine Angst vor ihm hatte, diese blinde Wut überschwemmte ihn, beseitigte alle Barrieren in seinem Innern. Er raste und war glücklich. Es waren Wonnen, ganz neue Wonnen, denen er sich hingab, die er genoss, schamlos und selbstvergessen. Ein Glücksgefühl, von dem er wünschte, es möge niemals enden. Was er hinausgeschrien hatte von dem, was ihm schier das Herz zerriss und den Verstand zu rauben drohte, erinnerte er nicht. Irgendwann hatte er sich wohl erschöpft, saß wieder auf der Bank. Mimi saß vor ihm in der Hocke, hielt seine Hände in den ihren. »Lass gut sein.« Mehr nicht. Dann ging sie weg. Karin war nicht herabgekommen.

Dass er nichts wusste, war das Bitterste. Das brachte ihn fast um. Die Gewissheit, dass alle anderen wussten. Die Ehrenschmitt natürlich! Allen voran die Ehrenschmitt! Er sah sie Schmiere stehen im Treppenhaus, lauernd, ihre kurzsichtigen Augen hinter den scharf geschliffenen Gläsern ihrer Gleitsichtbrille hin und her wandernd oder auf und ab, ihm folgend, ihn verortend, ein Satellit, der ständig Daten sendete an Karin, seine Frau. Die navigierte nach den Angaben der Ehrenschmitt; die ihren Akku auflud mit Schokoladentrüffeln vom Hanselmann und der der Saft übers Kinn heruntertroff aufs Dekolleté – der braune Saft der Bosheit – und unter den Brüsten versickerte im Dunkel, wo der Rest ihres Körpers war, von dem er nichts wissen wollte.

Von dem ihm die Ehrenschmitt Tag für Tag so viel als möglich zur Kenntnis zu bringen suchte. Ließ ihre Hemdbluse aufgeknöpft, soweit es technisch möglich war. Bisweilen unterschätzte sie die Spannung, und der Knopf, an dem alles hing, sprang ab. Ihr schrilles Lachen, wenn er sie darauf hinweisen musste, der Mandanten wegen, worauf sie ohne Zweifel spekulierte. Ihr lüsterner Blick von unten herauf, während sie auf ihrem Busen werkelte und nestelte, um zu schließen, was hätte offen bleiben sollen, wenn es nach ihr gegangen wäre. Die Ehrenschmitt auf alle Fälle. Der Orthopäde auch; und in der Folge das Spital. Ganz Zürich, oder halb Zürich. Die halbe Stadt wusste Bescheid; und hier oben – ihm blieb die Luft weg – hier oben alle. Alle außer ihm!

5

Ostersonntag läuteten die Glocken. Festlich in Sils und St. Moritz, aus Isola wehten Töne herüber wie Schleierwolken, und da ein starker Westwind herrschte, läutete es von Italien herauf ins Oberengadin. Alle Glocken läuteten. Er hatte auf dem Sofa geschlafen. Dass es zu schmal war für ihn und um einiges zu kurz, hätte er verkraften können. In der Armee schlief er tief auf Wurzelwerk, auf Pflastersteinen und im nassen Schnee. Mit Fußtritten hatten sie ihn wecken müssen, nicht nur einmal. Diese Nacht hingegen war saumäßig. Und kurz. Ob Karin oben schlief oder was sie tat, falls sie nicht schlief, so wie er auch nicht schlief, hätte er gerne gewusst. Dass sie das Sofa nicht verkraftet hätte, stand außer Zweifel. Hinter ihrem Rücken hatten sie es eingeschleust, die Erbinnen und Erben. Auf dem Bezugsstoff in frischem Moosgrün Herzen, Gämsen, Steinböcke, Alpenrosen, Enzian. Es hätte Karin umgebracht, dachte Beat. Infolgedessen brachte es ihn auch um oder doch beinahe. Am Morgen hockte er auf den Lärchendielen und fror erbärmlich. Er war verstört, Karin hätte verstört gesagt. Auf jeden Fall gestört nach dem bisschen Schlaf, den er gefunden hatte, im Morgengrauen. Vom Sofa gekippte hatte ihn die Ehrenschmitt. Ein Albtraum.

Die Ehrenschmitt im Dirndl, moosgrün, darauf Gamsbock und Gämse, flammend rot, einander abgewandt. Hintern an Hintern. Ihr Busen schneeweiß eingefriedet, Spitzen frisch gestärkt und messerscharf. Marschierte auf von der Terrasse her. Verdunkelte die

Stube, als sie über die Schwelle trat zu ihm herein. Füllte die Türe aus. Ganz und gar, jede Ecke füllte sie aus und nahm ihm Licht und Luft. Ein moosgrüner Stöpsel in seiner Terrassentüre. Schob sich vor die Sonne wie ein Himmelskörper. Und Finsternis breitete sich aus in seiner Stube.

Nach oben wollte er nicht. Der Morgen dämmerte bereits. Durchs Fenster sah er die Konturen seiner Liege. Kein Schwefelgelb mehr auf dem Silbergrau. Er zog die Daunenjacke über, ging hinaus und legte sich hinein. Die Decke mit Gamsbock und Gämse zog er über sich. Nur die Augen ließ er frei. Er wusste nicht weiter. Ob Miranda, der Orthopäde und die Ehrenschmitt zu befragen wären, erwog er ganz automatisch von Berufes wegen, verwarf es umgehend und lachte bitter. Kläger, Beklagte, Zeugen. Dieser Fall lag anders. Er wusste nicht weiter, das war's, aber während es hell wurde und wärmer, und er die Decke bis auf die Taille hinunterschob, dämmerte ihm, dass er auf eine Art nicht weiterwusste, die im Zeugenstand nicht zu verhandeln war. Das Trio der Komplizen verdiente für sich genommen kein Verfahren. Ein Nebenschauplatz, bei Licht besehen. Eine Nebensache.

Er sehnte sich nach Karin, nach ihrem schlanken, festen Leib, den er umarmen wollte mit aller Kraft. Ihr nackter Körper an seinem Körper. Lange genug und eng genug. Unendlich lange und untrennbar. Das war die Antwort auf seine Fragen. Die einzig mögliche. Ob Karin je etwas gewusst hatte, worin sie nicht eingelesen war, fragte er sich zum ersten Mal. In seine Not war sie nicht eingelesen. Am allerwenigsten aber war sie eingelesen in ihr eigenes Elend.

Irgendwann stand er auf.

Im Oberstock blieb es still, nach wie vor. Aus dem Schlafzimmer kein Laut. In der Küche keine Spuren. Von Karin nicht und von ihm auch nicht, kein Kaffee und auch sonst nichts, kein Frühstück. Also weg.

Er nahm den Uferweg zum Nietzschefelsen. Der Himmel war dunkelblau und eine südliche Sonne brachte die Gesichter der Menschen zum Strahlen. Alle strahlten, so schien es ihm, alle trugen Ostergesichter, die wohlanständigen und die adretten, auch die ernsthaften, die ihm entgegenkamen. Der See zu seiner Linken lag verlassen. Keine Stangen mehr, kein Bänklein. Bläulich breiteten sich Wasserlöcher aus im Glitzerfunkel der Schneedecke. Achtung Lebensgefahr. Warnschilder an allen Uferstellen. Schwarz auf weißem Grund und gelb umrandet. Auf die Schweiz war Verlass. Über Maloja stieg weißer Rauch auf, ein Säulchen, kaum der Rede wert, und nach kurzer Zeit im blauen Äther aufgelöst. *Habemus papam*, kam ihm in den Sinn. Das war von Karin, von wem sonst.

Als er am Nietzschefelsen um die Ecke bog, sah er Dora auf seiner Bank, nur wenige Meter oberhalb und hoch über dem See. Kein Ausweichen, keine Überlegung möglich. Halb und halb war er auf sie gefasst gewesen, hatte nachgerade auf sie gehofft. Hatte womöglich ihretwegen die Chastè gewählt. Sie strahlte, rückte zur Seite, vollführte eine Geste mit der rechten Hand, die ihn sich zu setzen hieß, eine herrische und zugleich fürsorgliche Geste, ja, eine mütterliche Wärme lag darin, die er lange vergessen hatte. Er seufzte unwillkürlich und ließ sich nieder, legte ein wenig Abstand zwischen sich und sie. Der Morgen war noch jung, aber das Holz der Bank war warm und duftete nach Harz und Honig. Er schwieg, da ihm nichts einfiel, was ihn wunderte. Auch Dora sprach kein Wort. Bisweilen sah sie ihn von der Seite an, ein kurzer Blick, er erwartete eine Frage, aber die kam nicht. Ein Blitzlichtgewitter jedes Mal, wenn sie den Kopf in seine Richtung drehte. Was sie bewegte und was sie verbarg, sah er auf Anhieb, als sie die Brille abnahm für einen kurzen Moment, um sie zu reinigen, oder weil ihre Mandelaugen tränten, da ihre Brillengläser der erbarmungslosen Sonne bei Weitem nicht gewachsen waren. Es war Besorgnis, eine tiefe Sorge, die ihn ängstigte, denn sie galt ihm, daran zweifelte er nicht. Die wich alsbald einer stillen Zufriedenheit, als hätte sie gefunden, was sie hatte sehen wollen. Ja, so etwas wie Glück lag auf diesem Gesicht, das mehr verbarg, als dass es preisgab; das er begonnen hatte zu studieren vor kaum zwei Tagen. Was ihn mehr erschreckte, ihre Sorge oder ihre Freude, hätte er nicht sagen können.

Pino, begann er unvermittelt, Pino sei daran gewöhnt, dass er zu ihm spreche. Sein Friseur, er lächelte, war verlegen, was redete er da – Pino also, er nahm sich zusammen und nun eben Pino, warum nicht – in Zürich, seit dreißig Jahren spreche er zu ihm. Was er da sagte, nahm ihn wunder, und worauf er hinsteuerte, war ihm schleierhaft, er war verlegen und lächelte dagegen, bot seinen Charme auf, lachte laut heraus. Lachte in das Gesicht ihm gegenüber, auf dem jetzt ein Strahlen lag, ein Kinderglück, eine Seligkeit, die sie beinahe schön erscheinen ließ. Dora strahlte ihn an. Und er lächelte zurück. Von Pino nichts mehr.

Schritte wurden hörbar, jemand kam rasch näher, umrundete den Felsen, war mit zwei, drei langen Sätzen oben. Sie trug den Norwegerpullover, und die Sonnenbrille blitzte nicht. Es war Karin.

6

»Grüezi!« Karin lächelte. »Guten Tag!«, schob sie nach. Stand schlank und aufrecht, ragte hoch hinauf in den dunkelblauen Himmel, ihr braunes Haar, worauf sie nicht stolz war, worüber sie beständig Klage führte bezüglich Farbe und Form und Dichte; dem kein Friseur gewachsen war, auch Pino nicht, und das er mochte, weil es weich war, weil es nachgab, wenn er darüberstrich, lange bevor Karin nachgab – dies Haar war jetzt pures Gold, leuchtete wie alles Übrige an ihr in diesem Licht, Karins Zähne weiß, die Lippen rot, ihre Lippen, die sie unergiebig fand, zu schmal, hatte sie gesagt, und er gelacht: Die ergiebigsten überhaupt!, und diese Lippen geküsst, so lange, bis sie ihm glaubte.

Sie trug Jeans, die er nicht kannte, hell und eng und sexy. Wanderstiefel auch. »Aha«, dachte er, Karin wollte weiter, und schon erhob er sich. Nicht ohne ihn. Mit Karin weiter, nichts anderes war möglich und aller Charme dahin, als sein Blick auf Dora fiel, die zu ihm aufsah, kein Glück mehr, sondern nur noch Sorge auf diesem Gesicht, das nicht leuchtete, obgleich sie es der Sonne bot wie Karin auch; und er schämte sich, weil er sie vergessen hatte.

Dora hatte es eilig gemacht, gleich Mittagszeit, sie müsse heim. »Ciao«, mehr nicht; und schon entzog der Fels sie ihren Blicken. Er hatte sie gerne gehen lassen. »Auf Wiadrluege« von Karin, leichthin. Ihr schien Dora gleichgültig. Wie er selbst war auch Karin ihr nie begegnet.

Sie umrundeten den See, lange Strecken hintereinander und ohne ein Wort, denn der Uferweg war schmal und immer mehr Wanderer, Kinderwagen, Hunde, Rollstühle, Babys in Tragen auf der Brust von jungen Vätern, Dreiräder, Roller, Leiterwägelchen, auch Mountainbikes, die am Uferweg verboten waren, alles kam ihnen entgegen oder zog von hinten an ihnen vorbei. Am frühen Nachmittag erreichten sie Isola, auch hier jedermann im Freien, die Tische auf der Wiese brechend voll. Die Saaltöchter balancierten die Kuchentabletts über dem Kopf, bewegten sich zwischen Kindern und Hunden und freilaufenden Ziegen und Gänsen, suchten an die Tische zu kommen, senkten die Ladung herab, darauf Teller mit Patisserie, Tassen, OVO-Becher, Gläser, Rivella rot und gelb, Flaschen dicht an dicht, das Klirren von Glas bei jedem Schritt. Beats Sorge, der Malojawind fege alles hinweg, die Rüblitorte und die Nusstörtli und die Rahmkuchen, alles weg, die Hänge hinauf zu den Almen, wo Schnee lag und noch lange kein Vieh, um diese Zeit.

Dort ließen sie sich nieder, Karin und er, nach kurzer Wartezeit. Sie hielten sich bedeckt, alle beide. Saßen am Tisch mit anderen, in Filzdecken gewickelt wie die anderen, Kastanientorte mit Rahm für Karin. Kaffee crème für sie beide. Karin hielt ihm die Kuchengabel hin, Torte und Schlagrahm aufgetürmt, und sofort lehnte er sich vor und schräg über den Tisch zu der Gabel hin, sein Mund so nah wie möglich an der Kuchengabel in Karins Hand, Karins Finger ganz nah, er sah die weißen kleinen Flecken auf den Nägeln, was vom Kalkmangel kam. Schön oder nicht schön kam hier offensichtlich nicht zur Anwendung; und er brachte die Tortenladung auf einmal und heil hinein in seinen Mund, gerade rechtzeitig, ehe sie abrutschte. Sie streckten die Beine aus, rutschten tiefer hinab in ihren Holzstühlen, lagen schräg darin wie alle anderen auch, als seien es Liegen, und schlossen die Augen. Die Gesichter dem See, der Sonne und dem Wind zugewandt.

Am Abend zeigte Karin ihm die Karten für das Streichquartett und sah ihn fragend an.»

Diesmal nicht.« Er schüttelte den Kopf. »Ruh dich aus, ich mach uns was.«

Dass sie hochging ohne Weiteres, war neu und ließ ihn hoffen. Was er hoffte, was er sich versprach von diesem Abend, warum er für sie kochte, warum er an diesem Abend überhaupt mit ihr zusammen war und nicht etwa mit Dora – er stockte, verwarf es, Dora nicht, oder mit Miranda seinetwegen –, wusste er sehr genau. Darüber zerbrach er sich nicht den Kopf. Dass er ihr den Jazz und alles andere, was sie an Neuem oder Zügellosem nötig hatte, würde zugestehen müssen, wenn er sie behalten wollte, hatte er beschlossen. Denn das wollte er wie nichts anderes sonst. Weil er sich nach ihr sehnte, seit die

Wohnungstür vor kaum drei Tagen hinter ihr ins Schloss gefallen war; weil er ohne sie nicht leben konnte; weil er sie liebte seit dreißig Jahren, unvermindert und tiefer und anders als jene, die es immer wieder gab, was ihn wunderte, zum ersten Mal, in diesem Augenblick. Dass sie bedeutungslos waren und mit Karin nicht zu messen, wunderte ihn hingegen nicht. Er liebte Karin, die ihn zur Verzweiflung brachte wie keine andere, nicht einmal die Ehrenschmitt, die schon gar nicht; er liebte Karin, weil sie eine Welt war, und weil er in dieser Welt zu Hause war und in keiner anderen hätte leben wollen. Weshalb sie künftig tun mochte, was ihr nottat und was er ihr lassen würde. Und es fiele ihm leicht. Bis auf den Pianisten. Mit dem war er nicht fertig, noch lange nicht, und aufs Neue trieb ihm der Gedanke die Zornesröte auf die Stirn.

Die Bündner Suppe löffelten sie einander gegenüber am Küchentisch, jeder ein paar Löffel, Karin weniger als er. Kein Hunger, auch er nicht, obgleich er den ganzen Tag so gut wie nichts gegessen hatte. Die Küche war warm, aber auch die Stube, denn er hatte nachgelegt, von der Küche aus, während er die Gerstensuppe rührte, immer wieder neues Holz aus dem Flechtkorb auf die Glut vom Vortag, in der er stocherte. Im Ofen krachte es und knallte, die Kacheln waren schon gut warm, als er »Karin« rief, unten an der Treppe, sie zum Essen herunterrief, wie er es immer tat. Als ob es wie immer wäre, alles wäre wie immer und alles wäre gut.

»Ein Pflümli«, bat sie, und er schenkte ein, auch sich selbst. »Noch einen«, sagte sie und er schenkte nach. Ihr und sich auch. Setzte sich neben sie, ihrer beider Rücken an den warmen Kacheln, seine Hand auf Karins Hand und in ihrem Schoß, wie immer, wenn sie am Ofen saßen, nach dem Abendessen. Diesmal auch. Dass Karin reden würde, hoffte er. Was sie sagen würde, fürchtete er. Lange kam nichts. Als sie den Mund aufmachte, war er versucht, ihr die Rede zu verwehren. Ihr den Mund zuzuhalten oder seinen Mund auf ihren Lippen, sie zu küssen, bis nichts mehr zu sagen wäre; nichts mehr zu erfahren wäre, was er nicht schon wusste.

Sie redete ohne Pause, dass sie überhaupt Atem schöpfte, nahm er an, zu hören war es nicht. Er begriff, dass sie, einmal unterbrochen, zur Besinnung käme, sich eines Besseren besänne, nichts mehr sagen könnte, oder doch nicht alles, was sie ihm sagen wollte. Ein Parforceritt. Um ein Uhr morgens hörte sie auf.

»Lass uns schlafen gehen!«, sagte er und half ihr hoch, seine Stimme sanft, beruhigend wie immer, wenn Karin angegriffen war. Als er sich im Bad die Zähne putzte, sah er sein eigenes Gesicht im Spiegel und durch die offene Tür in seinem Rücken Karin, schon im Bett. Sie lag auf ihrer Seite, halb aufrecht in den Kissen, und ihre Blicke trafen sich im Spiegel.

Am Morgen erwachte er als Erster. Karin schlief tief in Seitenlage und das Gesicht ihm zugewandt. Es musste spät sein, durch die Herzen in den Fensterläden drang helles Licht. Er stand nicht auf; zu sehr nahm ihn in Anspruch, was er erfahren hatte. Karins Erzählung. Eine Geschichte der Nacht. Die führte er sich noch ein einmal vor Augen, am hellen Tag. Bilder zogen vorbei, Sätze, Worte, die sie gesprochen hatte; er betrachtete die Silhouette ihres Körpers, in Seitenlage nach wie vor, ihm zugewandt. Konturen, scharf abgezeichnet unter ihrem Federbett. Das war weiß. Berg und Tal, unterm Schnee begraben, Kurven, die er nachfuhr mit der freien Hand, auch er in Seitenlage jetzt, ihr zugewandt. Schenkel, Hüfte, Taille bis zur Schulter; die war unbedeckt, weiß und rührend zart, so unsagbar erregend, dass seine Hand rasch weiterzog, den Hals entlang, jetzt roch er ihr Parfum, obgleich er Abstand hielt. Ihr Profil, die Nase und die Lippen, blass im Schlaf und so vertraut. Ihr Atem ging ruhig. Wenn sie ausatmete, bewegte sich ein einzelnes dunkles Haar, wenige Zentimeter lang, das sie verloren hatte und vor ihr auf dem Kissen lag.

7

Ihm war leicht ums Herz, als wäre er gesundet nach schwerer Krankheit. Gesundet über Nacht. Bocksprünge hätte er vollführen mögen; hüpfen wie ein Kind. Keine Schreckensbilder mehr, sondern Tageshelle seinem Kopf. Er hatte sich verrückt gemacht, ganz ohne Not. Den Orthopäden traf keine Schuld. Der war Arzt und weiter nichts, was Karin anging. Arzt mit Leib und Seele und der beste, den sie hatte finden können. Ein begnadeter Chirurg, hieß es im Spital. Keiner operiere wie er. Die Patienten rannten ihm die Türe ein. In seiner Privatsprechstunde. Die Honorare direkt auf sein Konto.

In diesen Händen lag Karins Knie. Und ihre Seele auch. Da er die Frauen kannte und auf Anhieb spürte,

was Karin nottat. Fortan sah er sie regelmäßig in der Privatsprechstunde. Hatte von Einbettung gesprochen, das Orthopädische einbetten ins Ganzheitliche, den ganzen Menschen sehen. Karin spiele Klavier, eine Pianistin. Dies gelte es einzubeziehen im Hinblick auf die Meniskusproblematik. Oder Meniskussache, wie sie es nenne. Wenngleich es keine Sache sei. Sondern ein Anliegen. In ihrem Fall spreche das Knie, Karins krankes Knie, zunächst einmal in eigener Sache, ganz ohne Zweifel. Eine Kleinigkeit, was ihn betreffe im Übrigen. Sein Alltagsgeschäft. Er operiere, wenn sie darauf bestehe. Aber er rate ab. Er sage das unumwunden, da er aus Erfahrung spreche. Dem Kniegelenk geben, was es brauche. Und ihr, Karin, auch. Da das Knie mit ihrer Stimme spreche, gewissermaßen. Das Klavier auf alle Fälle, der Weg zu Karin führe über das Klavier, ganz zweifellos.
Etwa so sprach er zu Karin. Die war entzückt.

Dass sie glänzend spiele, verstehe sich, ein Blick habe genügt. Ein schlechter Arzt, der das nicht spüre.
Dass sie Klassisches spiele, ausschließlich, vermute er stark. Karin war überwältigt.

Dass eine Persönlichkeit wie Karin nur Vollkommenes duldete, dass sie übte und übte, dass die Disziplin bisweilen beschwerlich, ja zum Verzweifeln war, all das wusste der Orthopäde auch. Da er das Cello spielte, in seiner freien Zeit.
Karin war Wachs in seinen Händen.
Ob sie es mit dem Jazz versuchen wolle, so eine Idee von ihm, rein therapeutisch. Der Rhythmus mache locker. Er denke an das Knie. Aber auch ganzheitlich. Wie

gesagt. Rein ärztlich rate er zum Spielerischen. Immer der beste Weg zur Heilung. Den man beschreiten solle, wenn es möglich sei. In ihrem Fall der Königsweg. Karin beschloss, ihn einzuschlagen.

Das war's. Der Orthopäde war zu Ende, küsste Karins Hand, und aus dem Lautsprecher hörte sie den Namen des nächsten Patienten. Das Faltblatt zur Idee des Ganzheitlichen überreichte ihr die Sekretärin im Vorzimmer. Mit einem Augenaufschlag, sagte Karin. Spielerisch und das Lächeln auch. Die Augen waren blau wie der Enzian und die Zähne weiß wie Schnee. Blond war ihr Haar. Schwarz wie Ebenholz war nur ihr Hosenanzug. Auf ihren Fingernägeln blühten Wiesenblumen. Eine auf jedem Nagel. Keine glich der anderen. Das war im Oktober letzten Jahres.

Karin schritt zur Tat. Buchte einen Kurs am rechten Limmatufer und übte. Tonleitern, wer hätte das gedacht. Und viele. Die waren schwierig. Jazztonleitern eben. Und die Theorie. Den Herbst über las sich Karin ein. An Weihnachten war sie so weit. Die Theorie des Jazz, in ihren Grundzügen, hätte sie formulieren können. Mit Auszeichnung bestanden. Aber niemand prüfte sie. Die Tonleitern waren weiterhin prekär.

An der Limmat gaben sie ihr Bestes. Der junge Mann in viel zu weiten Jeans und langen Locken, die schon ein wenig schütter waren, mager und bedürftig, liebte Karin und litt mit ihr. Rückte dichter an die Sitzende und strebte über ihren Schoß hinweg zur Tastatur, mit beiden Armen hin zur Mitte, wo guter Rat teuer war. Hände mit abgekauten Nägeln, die Haut rötlich, als ob er friere. Die

Knöchel beider Handgelenke standen weit heraus. Er gab ihr den Rhythmus mit der linken Hand. Die rechte war noch frei. In seinen dunklen Augen erkannte Karin jene Glut, die aufzehrt, vor der Zeit. »Die Armensuppe«, hatte sie gedacht, »man müsste ihm die Armensuppe löffeln.« Zog die eignen Hände weg. Wusste nicht, wohin damit. Hielt sie vor sich, parallel auf halber Höhe.

»Handschuhe«, hatte sie gedacht und es absurd gefunden. »Handschuhe und die Armensuppe. Das nächste Mal.«

Kein nächstes Mal. Keine Handschuhe. Mit dem Spielerischen, hatte der Orthopäde ihr erklärt, sei nicht zu handeln. Das Spielerische sei scheu. Das Spielerische, sagte er, gleiche der Elfe, die tanze im Mondlicht. Wenn Karin ihm folge. Karin folgte ihm mühelos. Zumal sie eingelesen war und laufend Neues kam, mit der Post, am späten Vormittag, wenn er bei der Arbeit war. Mit ihm sprach sie nicht darüber. Den Grund hatte sie nicht genannt in der Nacht. Soweit er sich erinnerte.

Vorderhand kehrte sie zurück zur Klassik. Vorübergehend, wohlgemerkt. Über Weihnachten legte Karin eine Ruhepause ein. Um seinetwillen, hatte sie gesagt. Um ihretwillen auch, nach einer Pause. »Um unser beider Willen«, hatte sie gesagt. Das hatte er behalten. Denn Weihnachten war schön. Weihnachten verbrachten sie in Zürich wie jedes Jahr. Heiligabend zu zweit. Kraut und grobe Bratwurst. Er war in der Küche, ließ sich Zeit. Champagner ins Kraut, immer nachgießen, eine halbe Flasche. Den Rest in zwei hohe Gläser auf schlanken Stielen. Die trug er ins Wohnzimmer. Karin am Flügel, sie spielte sich ein. Ließ sich Zeit wie er, er sah es mit einem Blick. Ein wenig rechts und nach hinten versetzt die Nordmanntanne. Rot und Gold, nur diese Farben.

Seit dreißig Jahren schmückt ihn Karin. Am frühen Nachmittag, bevor sie sich einspielt. Die Gegenstände, die sie aufhängt, hat sie ein Leben lang gesammelt, Unikate durchweg, mit eigenen Geschichten. Bienenwachskerzen, ein satter dunkler Goldton, die Kerzenhalter aus Eisenguss haben die Gestalt von Prinzessinnen, die tragen goldene Krönchen auf dem Kopf; darin stecken die Kerzen. Dreißig Prinzessinnen, rot lackiert, darüber eine Goldlasur, hauchdünn, darin spiegeln sich die Kerzenflammen, schimmernd die anmutigen Leiber, schmal und überlang, aber der Saum der Gewänder endet exakt über den Stiefelchen; goldene Stiefel, überproportioniert und dadurch schwer. Bleifüße, er hat gelacht, damit sie Haltung zeigen. Unter allen Umständen, in jeder Lage zeigen die Prinzessinnen Haltung. Immer aufrecht und die Kerze auch. Keine gleicht der anderen. Handgegossen jede einzelne. Dreißig Erbstücke. Aus Karins Linie.

Karin bleibt sitzen, aber sie hat aufgehört zu spielen; sie lächelt hoch zu Beat, hebt ihr Glas und trinkt ihm zu. Aus der Küche duftet das Kraut und mischt sich mit dem Duft der dreißig Kerzen, ein Honigduft, ein wenig harzig auch, sie riechen es beide und lächeln wieder. Es ist der Duft von Sils. Nach den Feiertagen werden sie hinauffahren. Mit Ketten über den Julier. Er kniet im Schnee am Straßenrand, ein paar Kilometer hinter Chur, denn kurz darauf kommt die entscheidende Kreuzung, wo es nach links geht, den Pass hinauf. Karin steht hinter ihm, reicht ihm die Kette zu, die Arme starr auseinander, sie hält die Kette, die ist ausgespannt, so stimmt sie, Karin hat sie vorbereitet, und Beat übernimmt, sorgfältig, er darf nicht schlampen. Jetzt hält er sie genau wie Karin und legt sie in den Schnee, vor das Hinterrad. So übernehmen kleine Mädchen Fadenbilder, mit ausgespreizten Fingern reichen sie sie weiter. Als kleiner Junge beobachtete er sie gern dabei, stand im Schulhof, halb hinter einer Kastanie verborgen – er ging in die erste oder zweite Klasse – trat erst hervor, wenn die Übergabe nicht gelang, und pfiff verächtlich, lachte schadenfroh. Einmal übernahm er, versehentlich, es war zu rasch gegangen. Sie hatten ihn überrumpelt. Hielt den Eiffelturm in seinen Händen. Rosarote Babywolle in seinen Jungenhänden, die waren grob und schmutzig. Da ließ er los und rannte weg.

Tochter Zion, er singt feurig und mit Inbrunst, *Freue dich Jerusalem*, und Karin auch. Sie singen um die Wette, *in dulci iubilo, oh Tannenbaum, Josef lieber Josef mein. Oh Heiland reiß die Himmel auf* und *Maria durch ein Dornwald ging* – sie singen, wie's kommt, und nach Herzenslust. Nach *Stille Nacht* ist Schluss. Bei *Oh wie lacht* bekommt Karin ihren Lachanfall, danach bleibt ihr die Stimme weg. Auf den Tasten läuft es von allein; es läuft wie geschmiert, um ihre Finger muss Karin sich nicht kümmern. Der Weihnachtsbaum steht hinter seinem Rücken, aber er sieht die Prinzessinnen in Karins Augen wie in einem Spiegel, wenn sie zu ihm hinübersieht.

Das Kraut und die scharf gebratenen groben Würste essen sie hinterher am Küchentisch. Mit einem Cornalin aus dem Wallis. Die Würste sind schwarz oder doch beinahe und scharf wie der Teufel, für Beat das Äußerste und jeder Bissen ein Tränenausbruch. Kraut und Wein bringen kurze Linderung. Für Karin gilt dasselbe. Sie ist verrückt darauf, isst große Mengen; schneidet zwei drei Mal in eine Wurst, viel zu große Stücke auf ihrem Teller, stößt mit den überlangen Zinken ihrer Silbergabel so scharf hinein wie die Magd ins Heu, lädt auf, kaut kurz und schluckt. Wischt mit dem Handrücken das Fett vom Mund, zieht eine Fettspur quer über die Wange; lindert das Feuer in ihrer Kehle reichlich mit Kraut und Wein. Keine Stilettos nötig, keine Hüttenschuhe. Er nimmt sie hoch, Karins Arme um seinen Nacken, trägt sie hinaus, quer über die Diele und den Flur entlang nach hinten, seine Lippen an Karins Wange, er schmeckt die Wurst und den Wein, trägt sie ins Schlafzimmer und legt sie aufs Bett. So halten sie es an Heilig Abend seit vielen Jahren. Auch dieses Mal.

Im neuen Januar hatte die Ehrenschmitt ihn wieder. Auch sie traf keine Schuld. Zu keiner Zeit war sie ins Spiel gekommen. Keine Spionage. Kein Schmierestehen. Sondern Zufall oder Timing, dass er nichts gehört hatte. Karin hatte ihn verschonen wollen oder schonen. Der Ehrgeiz, letzten Endes. Oder der Stolz. Die Scham darüber, dass sie stümperte. Dachte er.

Die Ehrenschmitt trug Hochgeschlossenes. Stand auf der Schwelle zu seinem Arbeitszimmer, vertrat ihm den Weg, verstopfte den Zugang, zwang ihn zu der Begrüßung, auf die sie scharf war und ihm zuwider. Drei Küsse links und rechts und wieder links. Wangenküsse in die

Luft. Aber die Ehrenschmitt drehte ihre rosaroten Backen so geschickt, dass er auf sie treffen musste mit seinen Lippen, die nach Bonbons schmeckten hinterher. Dann gab sie den Weg frei. Die Ehrenschmitt im Rollkragenpullover, der war neu und beige wie ihre Hose auch. Mit Wollsiegel. Rot funkelnd über der linken Brust ein Herz. Swarovskisteine. Die blitzten auf, wenn sich der Busen hob und senkte. Das Herz der Ehrenschmitt auf dem Gütesiegel ihres Busens, der heftig auf und nieder wogte, da ihr der Atem schwer ging. Denn sie trug ab, seit Tagen schon, und räumte um. Trug ihre Weihnachtsgeschenke ab, die Kekse, Pralinen, Macarons, Geleefrüchte, Marzipankartoffeln, Zuckermandeln. Die Zimtsterne, Vanillekipferl, Printen, Spitzbuben, Bärentatzen, Springerli, Nussmakronen, Kokoshäufli. Holte alles heim, verleibte es sich ein; kaute kurz und heftig, schluckte; sie keuchte, aber sie hielt durch. Als Beat kam, war fast alles weggeputzt. Klarschiff in seinem Vorzimmer.

Und an der Limmat auch. Der Jazz war weggeputzt. Auf dem Flügel die Goldbergvariationen. Aufgeschlagen auf dem Notenbrett. Die Luft war rein am Abend, wenn er nach Hause kam. Dem Jazz gab sie sich hin am Nachmittag. Wie einem Liebhaber. Eine Hingabe, in aller Heimlichkeit. Karin auf Abwegen; wie eine Hure. Karin eine Hure, dachte er und betrachtete seine schlafende Frau. *Wer schläft,* sündigt nicht, fiel ihm ein. Der Spruch war dämlich und traf's, wie alle Sprüche. Ein Film kam ihm in den Sinn. Eine Dame gab sich Männern hin am Nachmittag. Für Geld. Er nahm sich zusammen. Karin tat nichts dergleichen. Verheimlichte, was harmlos war. Jazz-Piano, du lieber Himmel, dachte er. Wenn's weiter nichts war. Ihm gefiel's. Was Karin spielte auf ihrem Flügel, war ihre Sache. Seine auch bislang. Alles, was sie spielte, war auch seins. Ein Glücksfall. Jetzt etwas Neues. Warum nicht? Dass sie den Blues probieren wollte, fand er rührend. Nichts Ungehöriges konnte er dabei erkennen. Karin aber doch. Nichts Verbotenes war am Jazz. Keine Sünde.

Denn auch des Meisters Weste war blütenrein. Er gab sein Bestes. Nichts wollte er von ihr. Kein Begehren. Umgekehrt galt dasselbe. Karin saß keineswegs auf seinen Knien. Sie saß an seinem Bechstein und jazzte, so gut es ging. Es ging nicht gut. Es ging herzlich schlecht, bedauerlicherweise. Ihr Lehrer gab sein Bestes. Erkannte, was zu tun sei, und war bereit dazu. Wie Moses die Israeliten in die Freiheit führte, die Kerkerwände sprengte von Ägyptenland, so suchte er, den Jazz zu herauszuführen aus der Kerkerhaft von Karins Kopf. Dem Jazz die Freiheit zurückzugeben, Licht und Luft, damit er atmen konnte. Und scheiterte, schlussendlich.

Karins Kopf ein Fronhaus, dachte Beat; der Blues in Kerkerhaft. Und schlagartig begriff er, worum es in Wahrheit ging. Nicht um Karins Körper, sondern um ihren Kopf, um Karins brillanten Kopf, auf den sie stolz war. Auf den Verlass war. Der sie rettete aus jeder Not. Ihr glänzender Kopf, das Beste, was sie hatte. Das Einzige am Ende. Ihre Überzeugung, von der sie nicht abzubringen war. Den hatte der Maestro ihr abgesprochen. Nicht um ihren Körper, sondern um ihren Kopf hatte er sie gebracht. Was umso schwerer wog, als sie den Mann verehrte. Ein Großer, so wie sie von ihm sprach. Ein

Magier oder noch etwas ganz anderes. Was er gar nicht mehr wissen wollte, und er seufzte tief. Der hatte ihren Kopf verworfen und damit die ganze Karin verworfen. In Bausch und Bogen. Das war Karins Waterloo. Die eigentliche Katastrophe. So schien es ihm.

Sie frühstückten im Bademantel. Karin trat kurz nach ihm heraus auf die Terrasse und ließ sich nieder auf der Bank am Küchenfenster. Trug ihre Sonnenbrille, lächelte, langte über den Tisch hinüber, nahm die Kanne mit dem Milchkaffee aus seiner ausgestreckten Hand. Lächelte zum Dank; nippte ein paarmal am Kaffee, der heiß war und gut; er griff nach der Wolldecke neben sich, zusammengefaltet, Gamsbock und Gämse, hielt sie hoch. Karin schüttelte den Kopf. Entledigte sich ihres roten Strickschals, den sie mehrfach um ihren Hals geschlungen hatte. Es war sehr heiß. Kein Wind. Vom Dorf herüber das Mittagsläuten.

»Markise?«, fragte er und erhob sich aus seinem Gartenstuhl. Auf dem Schneefeld Spaziergänger, Langläufer, Kinder, Hunde, aber nicht mehr viele, denn Ostermontag reisten die meisten Gäste ab. Jemand ging am Gartenzaun entlang, pfeilschnell und den Blick nach vorn gewandt. Eine Frau, und schon vorbei. Dora, dachte er und schalt sich, da es ein Blödsinn war.

Ein Wohlklang aus Karins Richtung. Ihr Handy in der Bademanteltasche. Dass sie antwortete, nahm ihn Wunder. Miranda bitte zu Brot und Suppe, am Abend, Karin sprach leise und überdeutlich, die Hand auf dem Lautsprecher, sah ihn fragend an. Er nickte. Was sonst? Es war das Natürlichste, dachte er. Das Einfachste. Vielleicht am Ende immer das Einfachste, weil es das Beste war in solchen Fällen. Plötzlich fiel ihm auf, dass das Leichte ihn verlassen hatte.

Karin war noch nicht zu Ende. Wie es weiterging, erfuhr er am Nachmittag. Drinnen auf der Ofenbank. Draußen tobte der Sturm. Sie waren Hals über Kopf ins Haus geflüchtet. Die Decke mit Gamsbock und Gämse hatte er als Letztes noch hereingeholt, obgleich sie schon klitschnass war. Eisregen schlug gegen die Fenster, trommelte auf die Holzdielen der Terrasse. Ein Wetterwechsel, wie man ihn kannte im Hochtal. Urplötzlich, von Süden herauf. Fegte weg, was noch auf den Gartentischen stand, trieb die Läufer auf den Loipen vor sich her; auch die droben auf den Pisten flögen mit dem Wind tief hinab und in den Tod, wenn sie die Warnung ignorierten.

Später wunderte sich Beat, dass Karin so viel preisgab. Es schien, dass sie es nötig hatte, ob es ihm guttat, würde sich weisen. Für den Augenblick war es gut.

Karins Geschichten waren Maßanfertigungen in der Art von edlen Anzügen, die man trägt wie eine zweite schöne Haut. Er folgte ihr mit Leichtigkeit. Hörte sie gerne. Oft lauschte er mit Lust. War in ihrem Bann, denn sie erzählte meisterhaft. Ließ aus, was ihm zuwider war. Um Lüge oder Wahrheit ging es Karin nicht. Schön oder nicht schön war die Frage. »Wahrheit«, die Ehrenschmitt sah himmelwärts, »ist Schönheit.« Auf ihrem Schreibtisch die Nusstorte vom Hanselmann.

Zum Jazz-Piano-Meisterkurs fuhr sie allein hinauf in ihrem Alfa Giulia. Keine Winterreifen nötig. Keine

Ketten. Auch sonst nichts, was Karin schön gefunden hätte. Links und rechts der Straße Altschnee, grau. Und spärlich. Die Hörnerkette lag in Wolken, die hingen tief herab. Es war das Oberallgäu. Der Ort auf halber Höhe. Den Namen erinnerte er nicht. Auch den des Pianisten nicht. Meister, Magier, aber kein Name. Erst jetzt war ihm das aufgegangen. Ob Karin ihn je genannt hatte, hätte er nicht sagen können. Ob der Name zur Sache tat, bezweifelte er. Und ließ es ruhen. Vielleicht hieß er Pete. Kurz, auf alle Fälle.

Sie schlängelte sich durch den Ort. Was sie sah, war unerheblich. Ein Dorf Lift, davor zwei Schneemänner, die neigten das Haupt zur Seite, schmolzen dahin. Aus einer Halfpipe weiter hinten dröhnte Technomusik. Auch zwei Schlepplifte; aber die Seile standen still, die Bügel hingen lose in der Spur. Ein Paar war übrig, erstarrt im Zweierbügel, auf halber Höhe, den Blick zum Berg. Aussteigen zur Seite, nach links und nach rechts ein Kinderspiel. Loslassen und abfahren, hätte Karin ihnen zugerufen. Was nicht zur Debatte stand. Da ersichtlich war, dass diese beiden es nicht fertigbrächten. Ihre Rettung oblag der Bergwacht, dachte Karin. Da sie die Nacht im Freien auf dieser Höhe und im Winter nicht überleben würden. Ein einzelner Stehtisch im Schneematsch. Dort tranken sie Glühwein. Oder Hochprozentiges. Drei Männer in Steppwesten. Giftorange. Die Bergwacht, dachte sie.

Droben riss es auf. Einen Moment lang kam die Sonne durch und gab den Blick frei auf die Bergstation. Die riesige Terrasse schien menschenleer. Darunter schoss es heraus, schwarz und neongelb, einer nach dem anderen; und gleich hinab, senkrecht zur Falllinie, ein Renngeschwader. Die Sorte absolvierte schwarze Pisten rückwärts mit verbundenen Augen, auf einem Bein. Die zogen bei höchstem Tempo in den Schwung, bissen sich durch engste Radien. Immer aufrecht; jederzeit beherrscht. Die spielten mit den Fliehkräften: »Ein Wahnsinn, echt.« Und ein Spuk, in Nullkommanix verschwunden hinterm Berg. Sie machte, dass sie weiterkam. Raus aus dem Nest. Ein paar Serpentinen steil hinauf; am Marterl rechts. Folgte einem Ziehweg, an dessen Ende sie das Gehöft vermutete laut Lageplan, den sie erhalten hatte, zusammen mit der Quittung für vier Kurstage. Alles inbegriffen. Karin hoffte, dass niemand ihr entgegenkam, denn die Fahrspur reichte knapp für sie selbst. Kurz darauf war sie am Ziel. Um einiges zu früh.

Ein Kuhstall war es nicht, aber doch beinahe. Oder eine Scheune. Etwas Bäuerliches auf alle Fälle, und es war des Meisters Eigentum. Ein Ferienhaus oder etwas in der Art. Auch dieses unerheblich, da sie nicht lange dort gewesen war. Den Alfa parkte sie hinter einer Tannengruppe. Sie nahm den Weg ums Haus herum. Es war die Talseite, die nach Süden ging. Stand unvermittelt vor einer überlangen Glasfront und sah hinein. Bemerkbar machte sie sich nicht, obgleich sie angemeldet war. Der riesenhafte Raum war strahlend hell erleuchtet und leer, bis auf den Flügel in der Mitte, an dem der Meister saß und spielte. In inniger Verwobenheit mit seinem Instrument, tief versunken und so ganz und gar bei sich, dass Karin einen Kloß in ihrem Halse spürte. Zu hören war im Freien nichts. Kein Ton drang durch das Glas, die Stille war allgegenwärtig. Einige wenige Schneeflocken taumelten vom Himmel, dick und weich, legten sich lautlos auf die Rasenfläche vor dem Haus, auf die Tannen, die das Haus umstanden, und auf Karin auch, aber die merkte es nicht. Die Kapuze ihres Daunenmantels hätte sie sonst hochgezogen. Erst als ihr die Wasserbächlein übers Gesicht und den Hals hinunterrannen und das Haar strähnig an der Stirne klebte; als ihre Nase lief und sie ein Taschentuch benötigte, das sie nicht fand, obgleich sie lange suchte, wandte sie sich ab, stapfte zurück zur Eingangstüre und läutete die Glocke.

Ihr Aufenthalt war kurz. Schon einen Tag später reiste sie ab. Rannte weg vor der Zeit, floh vor der Schande, der sie ausgesetzt gewesen war. Hilflos und ohne Rettung. Der Schande des Versagens nämlich, des völligen und umfassenden und endgültigen Versagens. Das umso greller sichtbar wurde, als die andern vier, darunter eine Frau, den Jazz im Körper hatten.

In der Art hatte sich Karin ausgedrückt, darauf lief es jedenfalls hinaus. Alles bot sie auf, um ihm zu schildern, was nicht zu schildern war, letztendlich.

»Vier allerstärkste Begabungen«, hier war sie in Tränen ausgebrochen, er hatte sie in die Arme genommen, was blieb ihm übrig. Hatte sie gewiegt, hin und her, ein kleines Kind. Überließ ihr seinen Rhythmus. Sein Rhythmus in ihrem Körper, dachte er. Den er nicht nach oben trug, obgleich es ihn mit einem Mal so sehr danach verlangte, dass er sie hätte packen mögen und hinunter auf den Lärchenboden, Karin und er. Karin merkte nichts

78

davon, wie hätte sie, er sah es ein. Reichte ihr sein Taschentuch, sie schnäuzte. »Anbetungswürdig«, ein neuer Tränenstrom. »Anbetungswürdig«, stöhnte sie. Das war ihr Spitzenwort. Er sah sie knien vor dem Flügel.

»Eine Beglückung«, sagte der Meister, nach einem Moment der Stille, zu jedem, wenn er geendet hatte. Das war das Wort, das Karin ganz besonders schwächte. Denn es galt der anderen, und niemandem sonst. Oder doch vorrangig. Und zu Recht. Denn sie war jung und schön, die Jüngste überhaupt. In deren Körper waren der Jazz und noch viel mehr, was glücklich machte. Gloria war ihr Name. Damit war alles gesagt. Für Karin, hieß das. Nicht für ihn. Dass sie nicht schon eher abgereist war, spätestens am nächsten Morgen, noch vor dem Frühstück und vor Kursbeginn, verzieh sich Karin nicht. Da sie es hätte wissen können. Nach einer verheerenden Nacht in ihrer Dachkammer. Schlaflos, ratlos und verzweifelt. Die vier machten Musik; unter ihr. Der ganze Kurs. Bis auf Karin. Karin lag auf der Matratze, die dünn war und um etliches zu weich, und starrte hoch zur Decke. Feines Trommeln über ihr. Mäusefüßchen wischten von einer Wand zur anderen. Ein Fließgeräusch, dem Karin sich entgegenstemmte. Eine Schiffbrüchige klammerte sich an ihre Planke, damit die Brandung sie nicht forttrug. Wohin, hätte sie nicht sagen können. Aber dass die Pritsche, auf der sie lag, nicht viel besser war als eine Planke, konnte sagen. Mit Fug und Recht. Und alles unsichtbar, in Zwischenböden, Hohlräumen, die unauffindbar waren. Sie lag wach bis in die Morgenstunden. War in Panik, weil alles, was sie drunten hörte, sehr gut war und weitaus besser, als sie es je vermochte. Die jazzten in einer anderen Liga. Die waren in Bombenstimmung. Gläser klirrten, gedämpftes Lachen. Karin war fix und fertig, noch ehe es losging.

»Jetzt du.« Am Nachmittag. Sie war die Letzte. Als sie am Flügel saß, wusste sie nichts mehr. Von Rhythmus nichts, kein Blues, keine Tonleiter. Keine Jazztonleiter und vermutlich auch keine andere. Was ohnehin nichts mehr gerettet hätte. Alles war ihr abhandengekommen, auch ihr Kopf war wüst und leer. Um den Jazz war ihr gar nicht mehr zu tun. Den gab sie verloren, was kein Schaden war. Karin suchte nur noch nach irgendetwas, was sie hätte spielen können. Da bislang keiner sie hatte spielen hören. Eine Hochstaplerin. Der Kaiser war nackt. Karin auch. Nackt und preisgegeben an dem Bechstein, dem sie noch keinen Ton entlockt hatte. Zu Hilfe eilte ihr die Mondscheinsonate. Die fiel ihr ein. Nach einer grauenvollen Ewigkeit. Warum es die war und nichts anderes, war ihr schleierhaft. Aber sie war ihr dankbar. Ein überwältigendes Gefühl der Dankbarkeit für die Mondscheinsonate durchströmte sie. Die Mondscheinsonate war eine Frau, die war schmal und blass, das Haar zum Knoten straff nach hinten und tief im Nacken. Der Hut darüber und unterm Kinn gebunden zu einer schönen großen Schleife. Krinoline und Mantille. Am Arm ein Henkelkorb. Karin sah sie vor sich, überdeutlich für einen kurzen Augenblick. Warum sie einen Korb trug, war nicht erklärlich. Aber nicht wegzudenken, sagte Karin. Er glich aufs Haar dem Flechtkorb, der ihre Noten barg. Die mit dem

Henkelkorb lächelte ihr zu. Karin lächelte zurück. Man kannte sich. Schon war sie weg. Natürlich spielte Karin die Mondscheinsonate nicht. Tränenüberströmt stand sie auf und verließ den Raum. Aller Zuspruch – der war reichlich und von allen Seiten – war vergebens. Noch in der Nacht fuhr sie nach Zürich zurück. Legte sich ins Bett. Blieb schlaflos. Setzte sich ans Klavier. Die Mondscheinsonate war nach wie vor zur Stelle. Die Einzige. Alle anderen hatten sie verlassen.

In diesem Zustand, der unbeschreiblich war, im Wortsinne – Karin ließ keinen Zweifel daran; keine Sprache für diesen Zustand, beim besten Willen nicht – rannte sie weg. Schlug die Wohnungstüre zu und schloss nicht ab, dachte Beat. Aber er behielt es für sich. Sie fuhr hinauf nach Sils, über den Julier mit Winterreifen, denn der Schnee lag hoch. Vor ihr das Räumfahrzeug. Als sie einbog zum Chalet, schneite es immer noch. Es war erst kurz nach acht Uhr. Kein Schlüssel. Keine Daunenjacke. Sondern der Stadtmantel. Die Daunenjacke war im Oberallgäu zurückgeblieben.

Karin wollte ihn nicht wecken. Was sie wollte, hätte sie ohnehin nicht sagen können. Also in die Liege und weiter nichts mehr. Irgendwann hörte es auf zu schneien. Die Sonne war grell und brannte heiß herab; Karin fror nicht besonders, obgleich der schwere Stoff des Mantels lange feucht blieb. Nicht dass sie eingeschlafen wäre. Aber mit der Zeit wurde sie ruhiger, und als er sich zu ihr herab beugte, einige Stunden später, wurde ihr warm ums Herz.

»Da wurde mir warm ums Herz«, sagte Karin und verstummte. »Jetzt weißt du Bescheid«, fügte sie hinzu, nach einer Weile.

»Ja«, sagte er und schwieg. Irgendetwas blieb offen.

»Warum hast du den Jazz vor mir geheim gehalten?«, fragte er schließlich. Es fiel ihm schwer, die Worte zu formen, seine Lippen waren steif, weil er die Antwort fürchtete. Obgleich er sie nicht kannte. Karin schien verblüfft.

»Was für eine Frage!« Ratlosigkeit, nicht gespielt, lag auf ihrem Gesicht. »Komisch«, sie sagte es halblaut und mehr zu sich selbst. Darüber habe sie nie nachgedacht.

Sie kamen spät nach Hause. Kein Butterbrot bei Mimi, sondern Pasta, Fisch und eine Apfeltarte, die ihr Mann gebacken hatte und die beste war, die Beat je gekostet hatte. Das Rezept, handschriftlich von Fex für ihn, steckte in der Innentasche seines Anoraks. Karin aß wenig, sprach noch weniger. Blieb freundlich und mühte sich ab mit ihrer Tarte. Beat sah, dass sie sich zwingen musste. Miranda und ihr Ehemann, den er wieder einmal beachtlich fand und sehr sympathisch, hatten getan, was sie vermochten. Ihre Wärme tat ihm gut und Karin auch. Sie spürten es alle vier.

»Das wird schon«, flüsterte Mimi in sein Ohr beim Abschied.

»Ich weiß es jetzt«, sagte Karin in der Diele, noch im Mantel, und sah zu ihm hinauf. Er war schon auf dem Weg nach oben, wandte sich rasch um. Blieb auf halber Treppe stehen. Hielt sich am Geländer fest mit einer Hand.

»Und?«, fragte er.

»Wenn ich den Jazz in meinem Körper hätte haben können«, sagte sie und machte eine Pause. »Wenn ich den Rhythmus in meinem Blut hätte haben können«, wieder brach sie ab. »Wenn ich es hätte lernen können.« Sie sah ihn an.

»Ja?«, fragte er.

»Dann hätte ich dich verlassen.«

Sie knöpfte den Mantel auf, von unten nach oben, wie es ihre Gewohnheit war; ließ sich Zeit. Dann schlüpfte sie vollends heraus und hängte ihn an seinen Haken in der Garderobe.

8

Schon im Juni gelangten die Verträge zur Beurkundung und alle unterschrieben. Beat überwies jedem die Summe, auf die er Anspruch hatte. Um ein Gleiches leerten sich seine eigenen Konten. Keine Erbinnen und Erben mehr. An Pfingsten war er alleiniger Besitzer des Chalets. Den Nießbrauch für Karin.

Pfingsten im Chalet. Am Freitag noch spät hinauf. Schafft Licht und Luft für Karin, die kommt am nächsten Morgen. Er geht durch alle Räume, entriegelt die Fensterläden, öffnet alle Fenster, drinnen ist es stickig, die Nachtluft ist kühl und frisch. Von der Küche aus befeuert er den Ofen, die Glut wird die Stube wärmen über Nacht; die ist ausgekühlt, auch das Mauerwerk. Es wird dauern, bis das Haus erwärmt ist.

Chef's Table

Willkommen zum Chef's Table!«

Mit Kasper durch die Halle des Waldhotels und im Blauen Salon der Sommelier des Hauses, Herr Falterer, mit Vornamen Guillaume und noch jung an Jahren – er stammt aus Grünkraut im deutschen Alpenvorland – strahlend zu meinem Sohn und mir: Oh bitte, die kleine Verspätung ganz und gar unerheblich, sondern große Freude, dass wir mit von der Partie. Nunmehr komplett, nämlich zu sechst an diesem Abend. Er schlage vor, man mache sich jetzt gleich bekannt. Habe man doch einige gemeinsame und, das sei er sicher, überaus anregende Stunden vor sich, anregend in vielfältiger Hinsicht. Was die Weine betreffe, sei es an ihm. Da könne er mit mancherlei aufwarten, aber vorwegnehmen wolle er freilich nichts. Er stelle fest und freue sich, dass man sich lebhaft unterhalte; nichts anderes habe er erwartet. Wenn es gestattet sei, dann vorab eine kleine Einführung in das Programm. Zunächst in den Weinkeller zu einer Degustation, welche möglicherweise Wünsche wecke für das Dinner. An diesem Abend also nicht im Speisesaal, sondern in der Küche, im heißen Kern des Waldhotels, als persönliche Gäste von Herrn Bodmer, dem Chef de Cuisine.

Zunächst aber bitte er um lebhafte Diskussion, die Weine betreffend, denn wir seien Kenner, das spüre er. – Man könne nicht mithalten? Das bezweifle er. Aber auf alle Fälle vielen Dank. Jedenfalls auch Einblick in die Vorratshaltung, in das Restaurant fürs Personal und natürlich in die Küche samt Patisserie und Spülküche, wo eine eigens für diesen Anlass entworfene achtgängige Abfolge exquisiter Speisen uns erwarte im Einklang mit den Weinen, die für jeden Gang zu definieren wir nun aufgerufen seien, wenn es recht sei. Selbstredend bei fehlender Eindeutigkeit auch zwei, ja drei verschiedene mit nach oben. Es sei alles möglich. Und nun die Bitte, ihm zu folgen.

Im Weinkeller ist es kalt.

Nicht kalt, aber kühl. Herr Falterer legt Wert darauf. Kühl, dies allerdings. Die Damen, das wisse er, fröstelten schnell, was niemand haben wolle, am allerwenigsten er selbst. Insofern die Anweisung, die Kühlung herabzusetzen. Nämlich vierzehn Grad Celsius anstatt der zwölf, welche nebenan im Weinkeller unerlässlich seien.

Daran hätte ich bei der Wahl meiner Kleidung denken sollen. Die war schwierig ohnehin an diesem Abend, auch ohne Extravaganzen wie die in Aussicht genommene Kellerbegehung. Zu spät. Auf der table de dégustation bereits allerhand Flaschen, wundervolle Tropfen, und gleich den ersten schenkt uns Herr Falterer ein. Er habe Grund zu glauben, dass dieser Grüne Veltliner Anklang finde.

Sehr zum Wohl! Prosit. Wohlsein!

Und nun ist Herr Falterer gespannt. Er blickt erwartungsvoll und nimmt uns ernst. Das verpflichtet. Und zwar jeden einzelnen von uns in Anbetracht der Überschaubarkeit des Trüppchens. Ein Trio, Stammgäste seit fünfunddreißig Jahren und immer über Ostern, befindet sich bereits sichtbar in jenem besonderen Modus glückseligen Behagens und wunschloser Selbstvergessenheit, der den spirituellen Mehrwert dieses Hauses ausmacht, und für den es keine Worte gibt. Sie sind reizend anzusehen. Ein Herr mit seinen Damen. Er blickt mit kaum verhaltenem Stolz zumeist auf seine schöne Frau, die trotz fortgeschrittener Jahre aussieht wie der Frühling im Bergell, wo jetzt schon alles blüht. Ihre wundervollen blauen Augen leuchten. Sie liebt die Welt, so viel ist sicher, und ihre Liebe wird erwidert. So funktioniert das Glück, lautet meine Arbeitshypothese, aber ich hebe sie auf für später, denn atemberaubend ist der Anblick ihrer Tochter. Sie muss ein Klon von Grace Kelly sein mit einem veränderten Gen für schwarzes Haar. Eine Pionierleistung der Anthropotechnik? Donnerwetter! Oder aber im Hinblick auf ihr Alter – so um die Dreißig – ganz einfach die Erfahrung einer glücklichen Kindheit. Obgleich sie Maier heißen.

Bislang haben wir allenfalls Artigkeiten ausgetauscht; man ist noch ein wenig steif, und bei Kasper und mir die Befürchtung, die jeweiligen Interessen könnten ein wenig sehr weit auseinanderliegen. Ihre vollendeten Manieren und die große und echte Freundlichkeit gegenüber jedermann, auch oder gerade gegenüber allen Angestellten, auf welche wir treffen an diesem Abend, können wir allenfalls bewundern, falls wir das möchten. Diese ganz besonders liebenswürdige, heitere und ungezwungene Haltung saugt man auf mit der Muttermilch, sagt die Wissenschaft. Macht uns aber nix, sagt Kasper.

Der Vierte im Bunde ist im Moment noch unklar. Ein junger Mann so um die Dreißig, das Lockenhaupt charmant zerzaust, kragenlos das schwarze Hemd unter dunklem Jackett, fashionables Brillengestell, selbstironisch. Ich hatte ihn bereits am Vormittag gesichtet auf meiner Bank am Nietzschefelsen an der Spitze der Chastè, den Blick hinüber nach Maloja und weiter nach Italien hinunter, als er in Wanderkleidung, mit Rucksack und ersichtlich handgenähten Stiefeln langen Schrittes an mir vorbeizog, ohne aufzublicken. Nietzsches berühmtes *Oh Wanderer gieb Acht*, in Fels gemeißelt direkt hinter mir, würdigte er keines Blickes, denn er kannte es längst auswendig, ganz zweifellos, und er hatte, jede Wette, bereits jene Metaebene der Deutung erreicht, von der ich selbst noch weit entfernt bin. Denn ich gehöre zu der großen Menge jener, welche schon zufrieden sind, wenn sie sich die Verse bis zum nächsten Urlaub merken können. Auf den ich sparen werde, so viel ist sicher. *Die Welt ist tief und tiefer als der Tag gedacht.* Weiß Gott. Aber darauf bin ich schon von ganz allein gekommen. … *denn alle Lust will Ewigkeit.* Versteht sich, alles andere wäre komisch. *Weh spricht: ›vergeh.‹* Auch nachvollziehbar, sofern man keiner gewissen Szene angehört. Die Metaebene fehlt mir halt. Und ich schweife ab.

Der Wandersmann ist Religionswissenschaftler. Nein, nicht aus Zürich, sondern aus dem Seitental und »für das Christentum zuständig. Nicht für den Islam.« Das ist auch besser so, denn im Weinkeller erweist er sich als Connaisseur.

Der Jeninser oder autochthone Completer, den wir gerade verkosteten, sei nicht der einzige dieses Namens, da dürfe er Herrn Falterer eine Anregung mitgeben. Man habe diese Sorte, welche die Römer einst in die Schweiz gebracht, auch im südlichen Tessin angebaut, wenngleich mit mäßigem Erfolg und deshalb wieder aufgegeben bis auf wenige Lagen.

Nun bin ich selber auf dem Gebiet der Weinkunde eher weniger informiert, um nicht zu sagen gar nicht. Da ich nicht abseits stehen möchte, stelle ich allerlei pfiffige Fragen rund um das Thema, zum Beispiel: Der ›Completer‹ also von den Römern, mithin stelle sich die Frage nach der Etymologie.

Der Blick, der mich jetzt trifft aus den blauen Augensternen der Grace-Kelly-Mutter ist vernichtend. Ich störe vielleicht das schöne Ganze. In Wahrheit habe ich schmerzliche Erinnerungen in ihr wachgerufen an ihren Lateinunterricht. Das gestand sie mir später, als wir schon mehrere überirdische Tropfen verkostet hatten.

Zunächst aber wieder der religionswissenschaftliche Kenner des Weins. ›Completer‹ von completus, -a, -um gleich komplett, vollständig. Hier bezogen auf die Complet, den Nachmittagsgottesdienst der Mönche. Mittlerweile ist's den anderen aber genug, und Herr Falterer schlägt rasch vor, gemeinsam einen ersten Blick auf das Menü zu werfen.

Er werde auf keinen Fall, ruft Herr Maier, japanische Grünteesuppe essen. Fukushima-Suppe, mit ihm nicht zu machen. Und das Thunfisch-Sushi noch weniger. Er verstehe nicht, was Herr Bodmer damit bezwecke.

Natürlich werde es Herrn Bodmer, beeilt sich unser noch recht junger und deshalb umso eifrigerer Sommelier zu versichern, es werde Herrn Bodmer ein Herzensanliegen, ein besonderes Vergnügen sein, Herrn Maier und uns allen etwas anderes Köstliches Nichtjapanisches zuzubereiten. Aber wir anderen wollen die Grünteesuppe und alles Übrige gerne mit den Weinen hinunterspülen. Vielen herzlichen Dank. Und wir kommen überein, dass unter allen Umständen der Completer, autochthon oder nicht, zu den Seezungenröllchen mit Rohschinken zu reichen sei. Und zwar Jahrgang zweitausendfünf Weingut Gian Batista von Tscharner auf der Reichenau. Zusammen mit einem Beaune Clos-du-Roi von zweitausendsechs, welcher auch sehr schön sei, da sind wir uns einig. Jedenfalls im Hinblick auf die Seezungenröllchen auf Ofengemüse mit Birnenessig und fregole sarde.

Zum Wohl allerseits. Prosit. Prost.

Ein Anliegen sei ihm als Sommelier auch der Veltliner. Nämlich der Veltliner Rotes Tor Jahrgang Acht. Ein wunderbarer Tropfen, ob wir das auch spürten? Die Litschis und Johannisbeeren, Herr Falterer ist in seinem Element, springen einem beim Probieren förmlich ins Glas. Und eine knackige Säure im Abgang. So muss es sein. Perfekt.

Zum Wohl. Prosit. Prost.

Grace Kelly trägt schimmernde Südseeperlen, dreifach um den schlanken Hals, und weiße Jeans, sehr knapp. Zu knapp, sagt Kasper, vor allem an den Oberschenkeln. Grace Kelly werde auf sich achten müssen. Aber Grace Kelly begehrt jetzt plötzlich heftig auf. Es ist der Cornalin, den sie verkosten soll. Nicht mit ihr!

Der Cornalin Jahrgang zweitausendsechs, sie sage es mal milde, sei problematisch. Der Jahrgang, ganz generell, da spreche sie leider aus Erfahrung. Allerdings habe es sich in jenem Fall, an den sie nur mit Schaudern denken könne, nicht um einen Cornalin aus dem Wallis gehandelt und deshalb vielleicht doch einen Schluck. Und nun sei sie sehr gespannt. Wir anderen sind es auch und werden nicht enttäuscht. Mild auf der Zunge und stark im Abgang. Dabei reif und rund. Vollendet. Den wollen wir unbedingt zu den Appenzeller Gitziküchlein trinken, und für alle Fälle auch noch den Riesling x Silvaner von Peter Wengelin Malans von zweitausendneun. Der aber ist, du meine Güte, herrje, nicht möglich für Herrn Maier. Im Abgang viel zu spitz! Ob man allen Ernstes glaube, mit dieser Sorte bei ihm und bei den anderen – er verbeugt sich liebenswürdig – durchzukommen.

Das möchte allerdings der oberländische Religionswissenschaftler in dieser Zuspitzung nicht gelten lassen. Ich auch nicht.

Es habe sich bewährt, sagt da der Sommelier, in so eine Situation ausdrücklich noch einen dritten Wein zu dem Zicklein in Betracht zu ziehen, nämlich einen leichten Roten, und jetzt rechne er mit Widerspruch, aber er sage es dennoch ganz bewusst. Warum denn keinen Roten? Gerade zum Gitzi könne der eine wundervolle Alternative sein. Da sei man mittlerweile nicht mehr ganz so streng.

D'accord unter ausdrücklichem Vorbehalt, melden die beiden Damen, allerdings dann einen Blauburgunder. Sonst auf keinen Fall.

Ein Maienfelder Blauburgunder, auf den es hier hinauszulaufen scheine, sei ihm persönlich nicht geheuer,

90

sagt da der Religionswissenschaftler. Jedenfalls nicht zu den Gitziküchlein. Aber wenn die Damen den Wunsch verspürten, dann wolle er auf keinen Fall …

Der Jahrgang zweitausendacht, der Sommelier ist auf dem Posten, und nur von diesem könne ernsthaft die Rede sein, möglicherweise der Einstieg schlechthin in den Blauburgunder für all jene, welche sich bislang zurückgehalten, aus gutem Grund, das wolle er gerne konzedieren. Von diesem Jahrgang habe er gerade mal hundert Flaschen erwerben können, hundert Flaschen, und keine einzige mehr. – Ja, das sei fein beobachtet: diese hundert hier im Vorraum separat gelagert und stets in seinem Blickfeld. Aber heute eine davon mit hinauf, das verantworte er gern, und alles Weitere werde sich finden. Kasper und ich haben nun auch keine Bedenken mehr.

Zum Nachtisch ein Tokaier, was wir davon halten? Und zwar ein Sechser. Bitte die Gläser reichen und, nein, bitte zuerst verkosten, ehe wir uns äußerten. Denn ein Sechser als die Quintessenz aus sechs Durchgängen sei fraglos vom Besten das Beste. Na? Nun sei er aber gespannt.

Der Wein ist gut, das muss ich sagen. Ausgezeichnet. Ein eleganter samtiger Dessertwein, der mit jener Art Tokaier, welchen man entlang der ungarischen Landstraßen zu kaufen bekommt und der geeignet ist, eine Leber binnen Kurzem zugrunde zu richten, nichts gemein hat. Zu Heidelbeerpfannkuchen mit Sauerrahmeis die richtige Begleitung.

Wo bitte sehr in Ungarn Wein wachse? Die Puszta habe wohl kaum die richtige Neigung für den Rebenanbau. Diese Bemerkung seiner Gattin findet Herr Maier unpassend, und er unterbricht sie beinahe ein wenig grob: Es sei ja nun bekannt, dass es Wein gebe in Ungarn, Puszta hin oder her, nicht wahr.

An diesem Punkt bringen Kasper und ich uns wieder ins Spiel mit der Frage nach der Herkunft des Begriffes. Tokaj. Darum gehe es, ganz genau. Frau Maier bleibt am Ball. Wo bitte in Ungarn die Gegend Tokaj, oder wie sie auch immer heißen möge, gelegen sei. Sie jedenfalls kenne keine solche.

Wir kennen sie alle nicht und mit Recht, denn Tokaj ist einfach der Name für einen Wein, welcher rund um Budapest wächst. Herr Falterer will raus aus dem Thema, das ist deutlich. Er nehme, wenn's recht sei, nun kurzerhand drei Flaschen dieser Sorte mit, und jetzt vielleicht noch zu den Kühlhäusern, ehe man endgültig ins Herz des Ganzen vorstoße, die Küche nämlich, wo Herr Bodmer mit fünfundzwanzig handverlesenen Mitarbeitern seit vielen Jahren unangefochten und unumschränkt die Zügel in der Hand halte und mit dem allergrößten Erfolg. Feurige Zustimmung von uns allen und beschwingt hinaus und dem Maestro hinterher, wohin auch immer, heiter, wie wir nunmehr sind nach der Verkostung dermaßen zahlreicher charaktervoller Tropfen aus erlesensten Lagen, über welche ich und Kasper längst keinen Überblick mehr haben. Prost.

Die drei Stahltüren am Wegesrand tragen die Beschriftung *Gemüse, Fleisch, Fisch, Milchprodukte*. Mein Sohn und ich, glühende Anhänger des angelsächsischen Kriminalromans, sehen vor unserem geistigen Auge drinnen die steif gefrorenen Leichen der im Oberengadin gewaltsam ums Leben Gekommenen und dort praktischerweise Zwischengelagerten bis zu Klärung des weiteren Prozedere. Hoffentlich purzeln sie nicht heraus, wenn Herr Falterer jetzt eine Tür nach der anderen zu Demonstrationszwecken für uns entriegelt. Im Innern aber ist es dermaßen ordentlich und blitzblank, dass niemand Anstoß genommen hätte, wenn auf den unteren Regalen, sagen wir des Kühlraumes für Fleisch, tatsächlich ein gewisses Kontingent an frisch Ermordeten gelegen hätte, sorgfältig verpackt und gestapelt und in genau der richtigen Temperatur. Bis zu dem Zeitpunkt ihrer Wiederverwendung, sagt Kasper. Wie er das meine, frage ich, aber schon geht es aus dem Keller in die Küche steil hinauf; die Treppenstufen sind schmal und hoch, mein Rock ist zu eng, ich setze mit Sorgfalt Fuß auf Fuß. Jeder Fehltritt ein Sturz tief hinab. Die Grace-Kelly-Mutter bleibt unbekümmert, denn sie wird abgestützt von ihrem Mann.

Wir treten ein ins Allerheiligste, den Puls, das Herz des Ganzen. Kompakt in Weiß und Edelstahl schimmert die Küche des Grand Hotels im letzten Licht der Abendsonne, das durch die hohen Westfenster dringt. Ihr ursprüngliches Erscheinungsbild ist trotz Spitzentechnologie sorgfältig erhalten, soweit nur irgend möglich. Darin fünfundzwanzig junge, frische Köche in weißen Kochmützen aufs Emsigste hantierend und sich offenbar zu jeder Zeit im Klaren, in welcher sinnhaften Beziehung dieses ihr Tun mit dem aller anderen steht. Störungsfreies Ineinandergreifen hochkomplexer Arbeitsgänge in raschestem Tempo zur Fertigstellung von täglich etwa zweihundertfünfzig anspruchsvollen Menüs für die Gäste mit Halbpension plus Gerichte der Extraklasse für das Stübli à la carte oder für spezielle Anlässe. Alle tragen weiße Kurzjacken zu blau-weiß gestreiften, wadenlangen Halbschürzen und sind, wie's scheint, in Bombenstimmung; ja, sie begrüßen uns dermaßen strahlend, als hätten wir ihren ohnehin glückseligen Grundzustand, der sich beim Arbeiten in diesem Hause automatisch einstellt, noch gesteigert, wenn das überhaupt möglich ist. Für uns ist ein festlicher Tisch eingedeckt worden am Fenster auf der Stirnseite des angenehm proportionierten Raumes mit Blick auf die Berge und über den See bis nach Italien. Oder doch beinahe.

»Welch eine Freude!«

Mit ausgestreckten Händen eilt Herr Bodmer auf uns zu.

Welch ein Vergnügen. Welch schöner Abend. Welch liebe Gäste. Er heiße uns willkommen. Und er bitte herzlich, alles in Augenschein nehmen. Ungeniert. Jetzt gleich und später. Insbesondere während des Essens sei das Herumgehen geradezu erwünscht. Und Naschen aus allen Töpfen. Er bitte darum. Bloß keine falsche Scham. Aber jetzt bitte Platz zu nehmen für das Gitzi, und er sehe auf den ersten Blick, dass unser Aufenthalt da unten im Keller nicht umsonst gewesen.

Ein Roter auch für ihn der letzte Pfiff, wenn man ihm gestatte, es einmal ganz salopp zu sagen. Er gratuliere uns ausdrücklich und – wie bitte? – Herrn Falterer gebühre das Verdienst? Also bitte einen Extraapplaus und nunmehr einen recht guten Appetit.

Und er muss auch schon ans Haustelefon, wo man es dringend macht, das ist zu sehen, denn er rennt los in Richtung Pâtisserie; was mich veranlasst, da auch mal reinzuschauen, rein interessehalber. Der Raum duftet betörend nach allen möglichen Aromen und Spezereien, und in der Mitte gießt an einem langen Holztisch vollkommen vertieft in sein Geschäft Herr Liebesknecht, der Chefpâtissier und eine internationale Berühmtheit, mit seligem Lächeln flüssige dunkle Schokolade in kleinste Förmchen. Pralinés für besondere Anlässe mache er selbst.

Darf ich die dunklen Kostbarkeiten essen, die mir ein Adonis ganz in Weiß, sein Blick eine einzige Verheißung, auf Geheiß des Meisters reicht auf einem Tellerchen? Nie und nimmer, allein schon des Gitzis wegen, von Herrn Bodmer ganz zu schweigen. Mit Trüffelschokolade angefüllte Gäste sind keine fröhlichen Esser mehr. Sie wollen einen Grappa und dann ins Bett.

»Wie aufmerksam. Vielen herzlichen Dank. Nein, zu köstlich«, spricht eine Stimme laut und deutlich, die die meine sein muss. Der Adonis füllt nach …

Das Essen, man warte nur auf mich! Kasper ist bleich und ein wenig durcheinander, wie's scheint. Auf der Suche nach mir muss er, so viel wird deutlich, an einem Rindertorso vorbeigekommen sein, einem kompletten wohlgemerkt, und zwar in einem gewaltigen Bottich liegend in einer Brühe für das Consommé.

Sie machen offensichtlich ihre Fleischbrühe selber. Was ihn dermaßen verstört hat, oder doch so stark überrascht – er sei kein Hysteriker, darauf lege er Wert – dass er im selben Augenblick Opfer eines Albtraums wurde.

Seine Mutter starr und steif im Kühlhaus für die Nachtische, ein Opfer ihrer Naschsucht, denn die Türe versehentlich von außen zugefallen, und fortan in Gesellschaft der anderen kalten und stillen Gestalten. Herr Bodmer habe ihn mit einer Scheibe Kalbshaxe wieder beruhigen können, direkt aus der Pfanne in seine, Kaspers, ausgestreckte Hand. Auf der Zunge zergangen und deshalb gleich nochmals zwei. Und ein paar Spinatröllchen. Auch an den eingemachten Tomaten sei er vorbeigekommen. Also jetzt alles gut und rasch hinüber.«

Sollen wir den Roten trinken oder einen leichten Weißen zum Zicki?«, erkundigt sich der Sommelier gerade, und Frau Maier zu meiner Linken muss jetzt einmal grundsätzlich klarstellen, dass sie zwar rot, aber niemals Trollinger trinken wird. Der Trollinger sei per se nämlich ungenießbar. Das finde ich auch, aber ihr Mann – er kommt frisch vom Friseur, was aber hier nicht von Belang ist – will das nicht gehört haben. In dieser Ausschließlichkeit von ihm keine Unterstützung. Vor allem mit der Zugabe von, na, wir wüssten schon.

»Lemberger«, half ich aus.

»Richtig. Lemberger,« Herr Maier ist animiert. Mit der Zugabe von Lemberger, ein sehr anständiger Tropfen, den er stets gerne trinke, wenn er im Schwäbischen sei, wo sein Bruder lebe. Ich hatte mich qualifiziert.

»Aus Stuttgart, nein, wie schön.« Die zwei Semester Tübingen, seine besten Jahre!

Hier sieht Frau Maier Anlass, dem Beaune Clos du Roi zuzusprechen und meldet streng: »Trollinger von Tirolinger, also aus Tirol.«

Die Schwaben – Herr Maier ist in Fahrt und selig – und die Schweizer auch, habe er immer geliebt. Immer. Die schönen Augen seiner Gattin verlieren, so scheint es, ein wenig von ihrem Glanz, und Grace Kelly muss ihrem Vater Blicke zuwerfen. Unnötig, denn das Tischgespräch nimmt gerade eine Wendung ins Theologische.

Mit dem Jeninser Chardonnay sei er fertig, im doppelten Sinne. Der Religionswissenschaftler nimmt kein Blatt vor den Mund, aber der Sommelier ist gerade nicht da, gottlob. Und überhaupt ist gar nicht der Wein das Thema des Religionswissenschaftlers, sondern der Protestantismus. Der Protestantismus nämlich – sein Blick nimmt eine Wendung ins Träumerische, er spricht sanft, kommt überhaupt daher wie auf Katzenpfoten – der Protestantismus, und zwar in beiden Ländern, ganz recht, der Pietismus und Calvin, diese beiden hochwirksam im Hinblick auf die religiöse Gemengelage gerade dieses Hauses. Ganz eigenartig nämlich und sehr speziell. Hier seine These …

»Und? Passt alles? Ja? Schmeckt's?«

Herr Falterer ist wieder da.

Aber der Wandersmann lässt nicht locker. Das Waldhotel sei Ausdruck und Ergebnis einer calvinistisch-katholischen Symbiose. Calvinistische Arbeitsethik plus Ästhetik und Sinneslust ist gleich sein wahres Geheimnis. Ganz einfach. Diese Formel, von ihm erarbeitet in vielen Jahren genauester Beobachtung. Die Besitzer nämlich katholisch, das müsse man wissen.

Dies sei nun nicht eben neu, kam es unisono von den Maiers.

»Schon möglich, aber auf die Formel sind sie nicht ge-

kommen«, Kasper grinst in meine Richtung. Er wird den
›Château Plaisance‹ zum Käse nehmen, einen Merlot,
was Herr Falterer »sehr sympathisch« findet.

Frau Maier will jetzt wissen, wie die Bewohner des Va-
tikanstaates heißen. Sie meine, ›Opus Dei‹ schon einmal
gehört zu haben.

»Wir auch«, rufen wir. »Zum Wohlsein!«

Der Abend schreitet voran, die Speisen sind köstlich, die
Weine erst recht, und auf dem Tisch die unterschied-
lichsten Gläser dicht an dicht: Completer, Cornalin,
Blauburgunder, Chardonnay, Riesling x Silvaner, der andere Pinot, Veltliner Grünes Tor und wie sie alle heißen.
Wir sprechen jetzt vom Waffenhandel, und der Wandersmann mit einer neuen These: der Schweizer habe
das Gewehr im Schlafzimmerschrank. Denn ein Staat,
dessen Bürger bewaffnet seien, vergreife sich nicht so
schnell an diesen, wie das zum Beispiel ein Herr Assad
zurzeit praktiziere. Das sollten wir uns gerade als Deutsche einmal …

»Sehr richtig!« Die Augen von Frau Maier und der
Rotwein in ihrem Glas funkeln im Schein der Kerzen
um die Wette. Aber dann – sehr zum Wohl – bitte die
Zünder von den Schießgewehren nehmen, oder etwas
anderes, da seien Fachleute gefragt, sie jedenfalls nicht.
Also diese Teile getrennt aufbewahren, das könne man
verlangen, am besten gleich gesetzlich verordnen. Von
ihr aus die Zünder gern ins Nachtkastl, oder ins Bad,
obwohl sie das irgendwie anstößig finde, wobei sie sich
gerade frage, warum. In ihrem Fall kein Thema, à la

bonheur, denn praktischerweise sei das Ankleidezimmer separat, also warum nicht dort.

Andernfalls die Gefahr eines Amoklaufes. Was ja vor nicht allzu langer Zeit im Schwäbischen, wie heiße der Ort doch gleich, irgendwas mit Harald Schmidt, wie bitte, Winnenden? Harald Schmidt sei aber doch aus Nürtingen, nicht wahr.

Herr Maier kann sich dazu nicht mehr äußern, denn er wird gerade von Grace Kelly gebraucht, die das Porzellan der Waldhotelküche mit den wunderhübschen grünen Ranken genauer anschauen möchte. Es handle sich um Teller aus Knochenmehl – natürlich nicht von Leichen, behüte, sondern der umgekehrten Osmose wegen. Dies sei ja ein tolles Ding, sagen wir, und bitte jetzt ganz genau. Herr Bodmer lächelt beflissen, aber Grace' Papa muss uns noch ganz rasch informieren, dass die Alte Weinsteige in Stuttgart die Katholiken von den Protestanten getrennt habe. Damals als er …

Und so machen wir noch ein wenig weiter mithilfe des Tokaiers aus der sechsten Pressung, sehr zum Wohl, und wer noch dazu fähig ist, ich zum Beispiel und Kasper auch, verspeist zu guter Letzt auch noch den Heidelbeerpfannkuchen mit dem Sauerrahmeis. Herr Maier, der Wanderer und mein Sohn sollen danach noch in die Bar gegangen sein, zu Kognak und Zigarren. Ich aber bin ins Bett.

Bonne nuit.

Königsloge

Die beliebte Sopranistin der Stuttgarter Staatsoper gab einen Liederabend. Ich saß ermäßigt in der Königsloge des Opernhauses mit meiner Freundin Adelheid, die stark erkältet war. Ihr Mann, wiewohl nicht kränker als sie selbst, hatte seine Karte mir gegeben. Er hütete das Bett, was sich für Adelheid verbot. Adelheid war ein Geschöpf der Hochkultur, die wusste, wo ihr Platz war, wenn es galt. Rein geistig nämlich war Adelheid seit Jahr und Tag der Mittelpunkt der Königsloge.

Der Liederabend fiel auf Allerseelen. Draußen war es neblig, Bäume waren allenfalls zu ahnen im trüben Licht der Parklaternen. Drinnen funkelten die Lüster. Die Leute saßen sämtlich unten im Parkett. Die Königsloge war Mitte erster Rang. Sechs üppige Fauteuils. Vier blieben leer.

Was war der Grund? Es war die Nähe, die man suchte, nicht die Entfernung, dies spürten wir beim ersten Ton. Das Opernhaus war groß und der Bezug zur Sängerin war allenfalls ein loser auf die Entfernung, die beträchtlich war. Es war zu spät herabzusteigen, bedauerlicherweise. Wohl hatten wir den Überblick. Was wir jedoch begehrten, war das Trauliche – und noch mehr den Einblick in das schneeweiße Dekolleté der Sängerin, das überwältigte, weil es betörend war und unseren Atem stocken ließ, der Ferne ungeachtet. Ihr Busen war gewaltig und beneidenswert. Vor allem aber war er hochdramatisch. Die gefeierte Solistin, die in den frühen Jahren ihrer Laufbahn den Rosenkavalier gesungen hatte, auch Martha, Pamina und Mimi und seit geraumer Zeit vor allem Wagner – und immer wunderbar und immer richtig – war jetzt in Scharlachrot gehüllt. Im reichen Faltenwurf der bodenlangen Festesrobe verbarg sich das Geheimnis, und ihre Brüste bebten, umzäunt von dunkler Spitze. Was sie verhießen, war namenlos und raubte uns die Sinne. Dass selbst Adelheid, in strenges Schwarz gehüllt, sich nicht entziehen konnte, verriet ein leises Zucken ihrer Schultern. Mehr war ihr nicht gestattet. Die Deutung, an der sie feilte für danach, beanspruchte sie ganz, es war ihr anzusehen.

Mit makelloser Technik, wenngleich vollkommen unbemerkt vom Publikum, verrichtete der Pianist sein Werk im Schatten der Frau Kammersängerin. Es war ein Duo, dessen Vortrag keine Wünsche offenließe.

Leider doch.

In seinem Zyklus *Frauenliebe und Leben*, der den Anfang machte, gab Schuman nämlich seine Stimme einer jungen Frau. Text und Vertonung ließen daran keinen Zweifel. Das Alter aber und der reife, erfahrungssatte Gestus der Interpretin standen im krassen Widerspruch dazu. Adelheid litt schwer darunter.

»Ich glaube ihr kein Wort«, sprach sie mir ins Ohr, erhob sich, um zu gehen. Besann sich wieder, Gott sei Dank. Maria Stuart führte mittlerweile Klage auf der Bühne, und alles wurde gut. Wie froh war ich um meine Freundin, die ihre Deutung korrigierte, in Gedanken, für danach, und wieder deutlich besser aussah. Auch nach der Pause setzte sich Wunderbares fort mit Mörike und Hugo Wolf. Strahlend flatterte des Frühlings blaues Band am Allerseelenabend im Opernhaus. Oh, hätte es damit geendet.

Das Publikum rief ›Bravo‹. Auch Adelheid und ich. Zugaben folgten. Nach der zweiten war Adelheid verschwunden. Es mochte an der S-Bahn liegen, die sie erwischen musste, da sie nicht selber Auto fuhr. Sodass die Deutung, die Adelheid stets gab im Anschluss, an Ort und Stelle meistens und später an der Garderobe, in diesem Fall per E-Mail zu mir kam, noch in der Nacht. Zu mir persönlich. Ich fand sie witzig. Wirklich treffend. Geistvoll ohnehin. Wenngleich im Stil naiver sozusagen. Dies Letztere war es, was mich reizte. Der Text, beschloss ich, musste in die Welt hinaus. Es wäre schade darum, und würde, ganz nebenbei, der Freundin einen Namen machen.

Zwei Tage später stand in der Zeitung, was Adelheid geschrieben hatte.

… Die Kammersängerin entschied sich bei den Zugaben für Schubert. Die zweite war ›Der Fischer‹, und ich muss sagen, dass ich dabei nur an das Eine denken konnte, dass nämlich die Frau Kammersängerin in ihrer dramatischen Weiblichkeit und Üppigkeit das feuchte Weib selbst war, von dem sie sang. Die Mannsbilder in ihren roten Samtfauteuils sanken ihr auf alle Fälle ausnahmslos entgegen, jene vielleicht ausgenommen, die trotz der erotischen Dringlichkeit des Augenblicks den Schlaf nicht unterbrechen wollten, vielleicht, weil sie bereits dem Ende entgegenschliefen und keine feuchten Weiber mehr gebrauchen konnten.

Fast ein Jahr blieb Adelheid der Königsloge fern. Zu Saisonbeginn im Herbst, der darauf folgte, sah ich sie wieder sitzen, auf ihrem Platz, hochmütig, scheinbar unbeteiligt, die schöne Nase hochgereckt, der Blick zur Bühne, unverwandt. Ob sie im Anschluss wieder deutete, wie früher, erfuhr ich nicht mehr. Seit jenem Leserbrief, den sie mir übel nahm, und schwer, war sie nicht mehr mit mir befreundet.

Stuttgart 21

So viel ist sicher: Brendel würfe das Handtuch und danach nie wieder Stuttgart. Brendel ist Europäer. Lang Lang ist Chinese und spielt den Satz zu Ende – das Adagio nämlich aus der Klaviersonate op. 2 Nr. 3, einen der schönsten zweiten Sätze Beethovens überhaupt.

Soll man sagen Gott sei Dank?

Denn im Publikum webt man an einem Klangteppich der anderen Art. Man hustet bellend, trocken, keuchend, röchelnd, wütend, ungeniert, fortwährend und schauerlich. Der Beethovensaal ein Lungenspital. Mithin ein Benefizkonzert für die ganz schweren Fälle, oder – wahrscheinlicher– der Beethovensaal ein Zauberberg, der Eintrittspreise wegen, die gepfeffert sind.

Woher die kollektive Bronchienschwäche? Verkühlt, durch die Bank, die Damen und Herren Hustenden, Stuttgarter Hanglagen in ihrer Mehrheit, verkühlt, bei ihrer Demo gegen Stuttgart 21. Denn der April ist tückisch, und sie haben halt keine Routine bei dieser Variante des politischen Handelns. Kann aber kommen. Und dann, so könnte man träumen, wäre es wieder still im Beethovensaal, und Lang Lang spielte noch einmal den zweiten Satz von op. 2 Nr. 3.

Das wäre wunderbar.

Accelerando

Achtzehnhundertzweiunddreißig fuhr die erste Eisenbahn von Frankfurt nach Berlin.[1] Im Salonwagen – einen anderen gab es nicht – ein exklusiver Kreis, handverlesen für die Jungfernfahrt. Und alle kamen, auch die Bedenkenträger, auch jene, die um ihr Leben fürchteten des Tempos wegen, das Gott versuchen hieß. Herr von Goethe und Frau von Stein waren mit von der Partie.

Sie saß ihm gegenüber, sehr aufrecht, den Blick geradeaus gerichtet. Wie lange war das her, dachte er, reichlich vier Jahrzehnte, da diese schönen Augen ihm Spiegel gewesen waren, da er nichts hätte schaffen können, nicht schreiben, nicht atmen ohne sie – die ihm am Ende doch die Brust verschnürte, so eng, dass kein Adieu mehr möglich. Nur fort, noch in der Nacht. Spärlich die Begegnungen seit seiner Rückkehr, und über Dritte. Er wusste, dass sie ihm nicht verziehen hatte. Wie wäre das möglich. Sie war ihm Freundin damals. Seine Geliebte aber war sie nie.

Immer noch die Locken. Dünner freilich und mit Grau durchsetzt. Aber Hochfrisur. Tricks. Jedermann in Weimar war im Bilde. Die Zofe hatte eine weit Höhere frisiert, vormals, da, wo sie hergekommen war. Bis diese ihren Kopf verlor. Und jene ihre Arbeit. Aus Frankreich mit knapper Not heraus, aber kein deutsches Wort, bis heute nicht.

---

1   In Wahrheit fand dies erst achtzehnhundertzweiundvierzig statt.

Schräg überm linken Ohr Charlottes Reisehut. Kein Schleierchen, stattdessen eine Feder. Blau, ins Grünliche changierend. Wie stets trug sie dem Anlass Rechnung. Dass er das schätzte, hatte er sie wissen lassen. Ihre Hände waren im Schoß gefaltet, als bete sie. Handschuhe, die ihre Finger nicht mehr auszufüllen wussten. Weiße Seide schimmerte im Licht der Gaslaterne, die von der Decke hing.

Seine Erinnerung, jetzt überdeutlich, an die Zeit des stummen Einvernehmens. Die tiefen Blicke. Der Gleichklang ihrer Seelen. Und seine Wehmut. Hier nun ein Gemeinsames wieder, ein Letztes, vielleicht. »Das letzte Abenteuer«, hatte er zu ihr gesagt.

Sie schien ganz ruhig. Das feine Zittern aber der elegant nach hinten weggebogenen Fasanenfeder verriet die Angst. Verstand sich, dass er den Platz in Richtung Fahrt gewählt, obgleich es auch für ihn selbst des Muts bedurfte, den Blick nach vorn zu richten auf das Unsagbare, das sich ereignete, in Kürze schon. Die Beine in den hohen Stiefeln hielt er ausgestreckt. Die Gicht bereitete ihm Schmerzen. Die er geheim hielt vor jedermann. Erst recht vor ihr.

Er sah nach draußen. Fahnen, Musikkapellen, der Fürst in Gardeuniform auf dem Perron, mit Entourage. Der Theaterchor sang Lieder a capella. Er hörte seine eigenen Texte. Der Jungfrauenzug in Weiß, das offene Haar bekränzt. Der Waisenchor. Der Liederkranz. Im vollen Wichs die Burschenschaften; die Korps, den Säbel hoch zum Gruß. Bratenduft, die Fenster halten ihn nicht ab. Kinderstimmen. Ganz Frankfurt auf den Beinen.

Schlag elf Uhr geht ein Ruck durch den Waggon, Böllerschüsse krachen, alle Glocken läuten, Fanfaren schmettern, die Chöre singen *Großer Gott wir loben dich,* die Jungfrauen schwenken ihre Blumengirlanden. Schrille Pfiffe von der Dampflok, Schnaufen, rhythmisch. Der Zug fährt an.

Charlottes Hände suchen Halt. Tasten fahrig. Sie will sprechen, aber kein Ton möglich. Er nimmt es wahr, dies allerdings, allein, für den Moment gilt ihm der Blick nach draußen alles. Die Jungfrauen sind nicht mehr da, auch der Fanfarenzug nicht und die Burschenschaften. Stattdessen buntes Volk. Vorstadtbewohner, die Mäuler offen. Manche grinsen. Die meisten ducken sich angstvoll, aber die Neugier hält sie fest. Im nächsten Augenblick verschwunden. Wiesen ziehen vorüber, Felder, Bäume. Er spürt die Kraft, die seinen Körper in die Polster presst, als sie an Fahrt gewinnen. Fühlt die Lust – die wächst mit der Geschwindigkeit. Die Kraft geht auf ihn über, die den Wagen zieht, als seien hundert Pferde vorgespannt. Das Kraftwerk schnauft, stößt schwarzen Rauch aus, bebend vor Erregung, die die seine ist. Die Lust des Unwägbaren, dem er sich überlassen wird, durchströmt ihn ganz – und spät, sehr spät, sieht er die aufgerissenen Augen, das Drama vis-à-vis. Das Wort für sie, jetzt endlich.

»Liebe Freundin«, sagt er, »sind Sie nicht wohl? Was ist Ihnen? Es ist ja nichts. Es ist ja alles gut.«

Er fühlt die Zärtlichkeit, die in durchströmt. Es ist das erste Mal, dass ihr Anblick ihn mit Zärtlichkeit erfüllt. Sie ist beglückend. »Beruhigen Sie sich doch.« Er hört den anderen Ton in seiner Stimme. Nie hat er so mit ihr gesprochen. »Beruhigen Sie sich doch, ich bitte Sie!« Besänftigend zuerst, dann dringlicher, als sie verharrt – verzweifelt schließlich, weil sie in Stein gemeißelt ist.

Als er das Ausmaß ihrer Angst erkennt in ihren Augen, die nichts mehr halten, richtet er sich auf, beugt sich über sie und nimmt sie in die Arme.

Kartoffelmesser

Friedrich II hat seinen Preußen die Kartoffel geschenkt. Das Kartoffelmesser aber schenkte ihnen Elisabeth Christine von Bevern, seine Frau. Diese war praktisch veranlagt, und sie verspürte Langeweile. Eheliche Pflichten nahm ihr Gatte nicht in Anspruch.

»A la bonheur«, sprach sie zu sich im Stillen und ging ihre eigenen Wege. Die führten sie unter anderen sehr regelmäßig in die nach modernsten Gesichtspunkten eingerichtete Küche von Sanssouci, der eine hugenottische Köchin vorstand; eine direkte Nachfahrin des seinerzeit während der Zubereitung eines Soufflés von Königspastinaken furchtbar niedergemetzelten Chefpatissiers des Herzogs von Guise. Die formidable Person hatte Elisabeth Christine ihrer Freundin Henriette, Herzogin von Coburg, kurzerhand abgeworben.

Während eines intimen Soupers nämlich in deren Gartenschlösschen, einer exakten Kopie von Petit Trianon im Maßstab eins zu fünf, war nach den Zwergfasanbrüstchen in Ingwer ein Süßkartoffelsoufflé gereicht worden, um den Gaumen der Damen zu erfrischen und bereit zu machen für das getrüffelte Ragout vom Schwan auf glacierten Pommes Grenades.

Dieses Soufflé hatte die mittlerweile ohnehin hochgradig erregten Geschmacksnerven der Königin derart außer Rand und Band versetzt, dass ihr Begehren nur noch eine Richtung kannte. Unter gröbster Missachtung der

Etikette und ohne sich im mindesten zu erklären, eilte sie dem Ausgang zu und stieg ohne Weiteres an der verblüfften Dienerschaft hinab in den Unterleib des Lustschlösschens in der Absicht, sich der Schöpferin jener unerhörten Delikatesse zu bemächtigen um diese – koste es, was es wolle – fortan in die Dienste Preußens zu nehmen.

Die das Deutsche allenfalls radebrechende rehäugige und graziöse Demoiselle erfasste die Situation in Blitzesschnelle und griff zu. Dreifacher Lohn, die mit fließendem Wasser aufgerüstete Küche von Sanssouci – neuerdings warm und kalt –, der Posten der Chefköchin sowie ein Personalschlüssel, von dem sie in Coburg allenfalls träumen konnte, blieben nicht ohne Wirkung.

Auf der Stelle vertauschte sie die Küchentracht mit ihrer sehr reizenden Reisemantille und steckte auf Geheiß ihrer neuen Herrin auch das hugenottische Schälmesser eben jenes gemeuchelten Urahns mit hinein.

Elisabeth Christines Landeskinder nämlich stöhnten seit Kurzem unter dem sogenannten Kartoffelbefehl, den ihr Gatte hatte erlassen müssen, da er dem schönen Großen und Ganzen verpflichtet war. Dieses Joch, das dämmerte ihr bereits in der Karosse auf der Rückfahrt nach Berlin, würde sie erleichtern können.

Sie schloss die Augen und lächelte im Traum: Alle Kartoffelschälerinnen im Königreich jauchzten ihr zu; schälten mit seligem Lächeln die Kartoffeln des Königs, rasch und ohne Mühe mit ihren nagelneuen scharfen Messerchen aus der Manufaktur der Königin. Füllten Karre auf Karre, bis alle Kartoffeln geschält wären, restlos alle, und ausnahmslos mit den Messern der Königin.

Meisterklasse

Singen ist ein Wunder.
Wenn es nicht geht,
ist es kein Wunder.[2]

1

Die Meisterklasse war beendet. Getröstet all jene, welche nicht singen konnten. Selbstverständlich das ganze Publikum. Leider auch fast alle Schüler, um dies gleich vorwegzunehmen. Der Professor selbst hingegen, schlohweiß, hager, hoch gewachsen von Statur und wunderbar gelassen, sang nicht nur meisterlich, er überragte auch an Haltung, Esprit und Grazie die Schützlinge um Haupteslängen. Man stutzte, wenn er ein wenig vorsang zur besseren Verdeutlichung, und nur verhalten, weil man betroffen war von der Vollendung seines Vortrags. Niemand in seiner Klasse würde jemals in die Nähe seiner Sphäre kommen. Dies war vollkommen klar. Der Meister war begnadet, dies galt weithin, als Sänger und als Hochschullehrer. Sein Wirkungsort war Wien. In Stuttgart war er Gast. Sein Kurs war öffentlich, wie alle Kurse dieser Art, und dauerte von Mittwochnachmittag bis Sonntag um halb eins.

Wie zu erwarten, kam ich mit Verspätung. Zwar war

---

2   Zitat Professor Kurt Weidner. Meisterkurs. Stuttgart. 2011.

mir mein Ziel vertraut durch die Erinnerung an Peter Schreiers Meisterkurs im Jahr davor, und überhaupt war die Musikhochschule spielend leicht zu finden, von Weitem sichtbar, schön und neu – dies ganz gewiss. Mit Wehmut fuhr ich jedoch vorüber an der Eingangstür, und noch einmal, und noch einmal. Die Zeit verrann. Kein Parkplatz. Später schon. Aus Verzweiflung und aus Wut. Die Lücke war die allerkleinste. Verboten sowieso. Das Schild war nicht zu übersehen. Ich würde zahlen. Laut sprach ich: Die Kunst hat keinen Preis. Stieg aus und nahm die Beine in die Hände.

Durch die Drehtür ins Foyer. Zum Kammermusiksaal zwei Treppen in die Tiefe. Vorbei am Flügel unter seiner schwarzen Decke in der Nische linker Hand. Die Saaltür schien geschlossen. Aber auf dem Tischlein vor dem Eingang war buntes Allerlei aufs Lieblichste geordnet. Stofftragetaschen, Anträge der Liedkunstgesellschaft auf Mitgliedschaft, Kekse, Hustenbonbons, rote Äpfel in einer Schale, auch ein paar Haselnüsse. Programme, gefaltet, Broschüren. Die Liste der Namen jener, die singen würden an diesem Tag.

Hinter dem Tischlein saß die Tüchtige im Pagenkopf auf einem kargen Stühlchen. Im Twinset und im Faltenrock. Drahthaar, scharfer Schnitt. Wollene Strümpfe, gutes Schuhwerk, innen Lammfell. Bitte, weil es zog von unten her. Ganz recht, die Eingangstüre. Durch die es eisig pfiff.

Parkplatz? Mit Parkplatz war sie durch. Sie ging seit Jahr und Tag zu Fuß. Vom Busbahnhof herauf, was ihr persönlich reichte und nein, es wurde drinnen nicht gesungen, noch nicht, aber gleich. Ich war Mitglied? – Gell, sie hatte so etwas vermutet, und dies war schön. Weil der ermäßigte Eintrittspreis von sieben Euro – der Name genügte ihr dafür vollkommen, falls der Ausweis gerade nicht zur Hand – ein komplizierter Doppelname? – Das fand sie auch, jetzt, wo sie ihn laut gesprochen hörte. Kompliziert. Aber ihr persönlich ein Begriff. Noch relativ neu, die Mitgliedschaft, nicht wahr.

Ein Begriff. Wie war dies zu verstehen? War meine Spende nicht groß genug gewesen, zum Jahresende? Oder geradezu beglückend üppig? Die winzige Spur der Rührung im Gesicht der Tüchtigen wies in die zweite Richtung.

Bei der Nennung meines Namens hatte sich die Dame umgedreht, die bislang ins Gespräch vertieft gewesen war mit einer anderen Dame, und richtete den Blick auf mich aus grauen Augen unter makellos gezupften Brauen. Der Blick war kalt und klar durch die ›Grey Turtle‹-Brille von Frau Dr. Immenstaat, Ilona Immenstaat, der Kuratorin der Gesellschaft. Es blitzte, als sie in meine Richtung sah, als hätte sie geknipst. Und was sie sah, gefiel ihr nicht. Schon wandte sie sich wieder ab, sprach weiter mit Frau Professor Baur-Melchior, der Unternehmerin und führenden Vertreterin des Mittelstands, die in den Medien Gesicht und Stimme hatte. Frau Dr. Immenstaat und Frau Professor Baur-Melchior waren einander zweifellos sehr herzlich zugetan, und sie verblieben, wie sich zeigen sollte, unverbrüchlich Seit an Seit bis ganz zuletzt. Nur wenn Frau Dr. Immenstaat die Kamera führen musste, um von der dritten Reihe Mitte aus zu filmen, was auf dem Podium geschah, rückten sie ein wenig auseinander.

Auch ich saß dort. Es war die beste von den sieben Reihen – steil ansteigend alle – da sie auf gleicher Höhe mit der Bühne lag.

2

Zehn Aspiranten des Gesangs, sehr unterschiedlich talentiert, aber doch alle gleich in ihrer Hoffnung, am Ende als andere hinauszugehen, als die, die sie im Augenblick noch waren auf ihren Stühlen um den langen Tisch herum, der in der Bühnenmitte stand, kannten sich bereits vom Vormittag, an dem sie mit dem Professor unter sich geblieben waren.

Am Nachmittag war eine Sängerin aus dem Lande Nippon die erste, die sich dem Eros des Professors überließ. Sie war sehr klein und furchtbar rund. Die Blüte ihrer Jahre hatte sie, wenn nicht ganz übersprungen, so doch entschieden hinter sich gelassen. Was Zweifel an ihrer Wahrheitsliebe schürte, als sie von erster Liebe sang und erstem Liebesleid.[3] Wer oder was hätte ihr »den ersten Schmerz getan«?

Es war der Zahnarzt.

Den Mund weit offen und die Lippen schief, sang sie aus dessen Behandlungsstuhl heraus, das Mopsgesicht in tiefer Qual gefaltet. Ihr Alt – beachtlich schön und

---

3   Schubert, Erster Verlust. D226

stark – schwoll mächtig an. Barocker Furor. Ihr Schmerz war ein gewaltiger Affekt. Eine Herrscherin, die in extremis war mit ihrem Peiniger, der sie mit einem Bohrer folterte.

Das Publikum blieb leider gänzlich unberührt. Denn ihre Majestät verstand sich auch auf das Barocke nicht. Keine Klangrede, kein Zierrat. Die Arie – von Lied war wirklich gar nichts – wurde geradewegs aus dem Behandlungsstuhl herausgeschmettert. Wir hätten andernfalls womöglich Lust gehabt, uns mit der Deutung zu befreunden, warum nicht. So aber war, wenn man von Wirkung sprechen wollte, die umgekehrte eingetreten: Den ersten Schmerz an diesem Nachmittag hatte sie uns angetan, die Sängerin dem Publikum. Auch eine Art von Stimmigkeit.

Das Rosenresli mochten wir gleich viel lieber. Das Kind im Blumenkleid mit blonden Schnecken um die feinen Ohren und blauen Augen, aus denen nichts als feurige Verehrung für den Professor sprach, sang von Liebe, so glockenrein und strahlend, dass diese, wiewohl »rastlos«,[4] unter den zustimmenden und anfeuernden Gesten des entzückten Lehrers sich steigerte in einen Zustand selbstvergessener Glückseligkeit. Stürmisch und einhellig geriet der Beifall. Fieberhaft filmte Frau Dr. Immenstaat. Die unternehmerische Freundin hämmerte auf die Tasten ihres Notebooks. Stichworte, die Ilona Immenstaat in ihrer Schlussrede würde brauchen können. Ich war

---

4   Schubert, Rastlose Liebe. D138

versucht, ihr meine eigenen Notizen zu überlassen. Der Multiperspektive wegen. Womöglich würde ich spenden müssen hinterher. Da man nicht wissen konnte, wie sie es aufnahm. Also lieber nicht.

»Wundervoll. Ganz wundervoll.« Des Meisters schöne Stimme war verhalten. Mehr nicht an dieser Stelle. Die Dinge verloren ihren Zauber, wenn man sie aussprach.

Innehalten. Stille.

Die Finger der Mittelständlerin hingen in der Luft wie offene Baggerschaufeln, jederzeit bereit, herabzufahren auf die Tastatur.

Aber jetzt lachte das Resli – und wir lachten auch. Das Lachen war hysterisch. Und der Beweis, dass etwas in uns allen vorgegangen war, was den Professor freute. Das Lächeln, das auf seinen Lippen lag, war nicht von dieser Welt. Und weil er wusste, wie es um uns alle stand, vor allem um das Resli, winkte er sie her an seinen Tisch, bat andere um Zeitungspapier von einem Stapel, der am Boden lag – ganz lieb, recht schönen Dank – reichte die Bögen an das Resli weiter, auf dass es zwei Kugeln daraus knülle, wenn es recht sei. Und zwar am Ohr, das Knüllen. Ja, an jedem Ohr. Knüllen. Da schau her, wie sie knüllen kann.

Wir knüllten nicht, auch, weil wir klatschen mussten.

»Knüllen«, rief der Professor »und singen – da capo«.

Das Lied noch einmal von vorn. Nicht aufhören. Immer weiter knüllen. Papier war reichlich da. Wie konnte das Resli aber singen? Da es doch nichts mehr hörte.

Einfach tun, wie ihr geheißen. Seine Bitte. Also sang das Resli tapfer weiter. Nicht knüllen hingegen durfte der junge Pianist. Naturgemäß. Es war nicht nötig. Gott sei Dank. Er war perfekt. Lächelte und begann aufs Neue. Das Resli sang sich frei. Das Resli war entspannt. Das Resli sang beseligend und selig. Singen war ein Wunder. Siehe oben.

Noch einmal die Herrscherin mit dem Mopsgesicht. War sie Farinelli, wurde sie gefragt. Cafarelli? Senesino? Nein? Dann noch einmal das Lied. Indem die Finger des Professor ihre Nase hielten. Wenn sie es ihm gestattete. Gelächter. Am lautesten aber lachte die Japanerin, die plötzlich gar nichts von einem Mops mehr hatte. Sie lachte wundervoll und sang drauf los.

Sie sang vom ersten Schmerz, während ihr die Nase zugehalten wurde. Sie sang eisern weiter, und der Mann an ihrer Seite hielt eisern ihre Nase. Sie hielten beide durch. Der Professor triumphierte. Gewusst, von Anfang an, dass sie eine andere Stimme hatte. Was für ein Resonanzraum. Genug für ein ganzes Orchester.

»Vielen Dank«, sagte die Tapfere.

Aber fertig war sie nicht. Oh nein. Weil sie nämlich sang und dabei malte. Sie malte mit Kreide Achten auf Papier von einer Rolle, die auf dem Tisch bereitlag. Rasch waren die Kreidestücke aufgebraucht, zerbrochen, neue wurden ihr zugereicht in schnellster Folge, da der Fluss des Malens und des Singens nicht stocken durfte. Auch nicht durch den Professor, der sie in die Seite stupste oder an den Hinterkopf, ohne die geringste Warnung. Es war gemein und pädagogisch. Und zeigte Wirkung. Noch schlängelten sich die Lippen beim Singen im Gleichklang mit den Händen. Die

Achten waren krumm, den Umständen geschuldet. Das Mopsgesicht, unschön von Natur, wurde abstoßend, hässlich, ja gemein. Spielte dann ins Unkenhafte hinüber. Auf der Bühne sang eine fette Kröte ihren Schmerz in aller Kläglichkeit und Scheußlichkeit. Erloschen war der Furor. Verschwunden alles Königliche.

Oder doch nicht ganz? Glitzerte da nicht ein Krönchen auf dem Krötenhaupt? Begann nicht das Krötengesicht zu leuchten? Verfeinerten sich nicht die Linien? Lächelten etwa die Augen? Auslandend wurden jetzt die Achten, heftig die Bewegungen der Hand, die zeichnete. Immer häufiger tippte ihr der Maestro auf die Stirne, auf den Hinterkopf. Unterstützte die Metamorphose, die sich vollzog vor aller Augen.

Ganz persönlich sang die Frau am Ende und sehr privat von dem, was ihr widerfahren war, und wir konnten es ihr glauben. Unmöglich, dass sie die Blüte ihrer Jahre schon übersprungen haben sollte. Ein Irrtum musste vorgelegen haben. Der erste Schmerz? Jemand hatte ihn ihr angetan, so viel war sicher. Unstrittig, dass sie eine Stimme hatte, der Meister sprach gelassen. Sich selbst angehören, das war das Geheimnis. Nicht wahr? Langanhaltender Beifall. Die Augen der Sängerin leuchteten.

Die Monika war fesch. Lange Beine, Röhrenstiefel, ultrahohe Heels. Das weiße Shirt war lang und kurz das schwarze Lederjäckchen. Die dunklen Locken flatterten. Die Moni war apart. Groß und dunkel waren ihre Augen. Vor allem waren diese Augen warm und klug. Wenn sie sprach und lachte, ging die Sonne auf. Sehr weiße und sehr schöne Zähne blitzen heraus aus rundem Gretchenmund, und in den Wangen bildeten sich Grübchen. Es mochte abgedroschen klingen. Aber es verhielt sich nun einmal so mit ihr. Sie war, um es ganz platt zu sagen, reinweg entzückend. Dagegen war man machtlos. Die Monika sang Kurtág. Aus den Sudelbüchern. Die Grabinschrift.[5] Das Schwerste, was man singen konnte. Der Meister wies uns darauf hin.

Sie sei, behauptete die Monika mit schönem Mezzo, allzu früh ins kühle Grab gesunken. Mit neunundzwanzig Jahren. In der Blüte ihres Lebens. Das Fieber habe ihren Körper ausgezehrt. Sodass er ihm, also dem Fieber, nicht habe standhalten können auf die Dauer. Hier ruhe sie nun also.

Die Töne waren äußerst schwer zu treffen, die Tonfolgen furchtbar kompliziert, nichts von Harmonie. Nur Verstörung – mit einer Prise Wiener Schmäh. Rabenschwarz. Toll! Alles toll! Kurtág. Die Moni. Und der Pianist. Ja, der auch. Der vor allem!

Der Professor hinter seinem Übungstisch streckte beide Hände aus, weil er nicht anders konnte, weil er dem Pianisten gratulieren musste. Von einer Präzision, die ihm den Atem hatte stocken lassen, im Hinblick auf die Schwierigkeit der Partitur, die maßlos war. Und die Moni? Die Monika bat er an seinen Tisch. Weil da noch etwas zu verbessern war. Auf sehr hohem Niveau. Verstand sich. Hier war ein Geigenbogen für die Monika.

---

5 György Kurtág, aus den Sudelbüchern Georg Friedrich Lichtenbergs. Op. 37a. Darin: Grabinschrift.

Mit dem Bogen strich sie jetzt über ihren ausgestreckten Arm, so nämlich, so ging das – sehr gut. Als spielte sie die Geige, und noch einmal von vorn, bittschön. Denn es sang der ganze Mensch.

»Nicht ›ich singe‹.« Der Meister sprach fest und feierlich, nicht nur zur Monika. Frau Dr. Immenstaat, die fühlte, was es galt, führte bereits die Kamera. Die Freundin schrieb.

»Nicht ›ich singe‹, nicht ›ich atme‹, nicht ›ich rede‹«. Pause. »Ich bin singend, redend, atmend‹ muss es heißen.«

Ja. Das leuchtete uns ein. Der Moni auch. Sie lächelte und strich die Geige. Sang unerschrocken weiter, auch als der Meister ihren Stuhl nach hinten kippte, sodass sie drohte, hinterrücks zu stürzen. Es galt, die Kontrolle zu behalten, was schwer war. Wirklich schwer.

Wir irrten. Die Moni auch. Nichts von Kontrolle. Eben nicht!

»Loslassen!« Die Moni tat, was man ihr sagte. Der Meister kippte, die Moni – die fiel nicht. Dafür sang sie spürbar freier und noch strahlender womöglich. Und das Lächeln? Das kam jetzt ganz tief von innen heraus.

»Sehr schön«, sagte der Professor schlicht. »Du lachst ganz wunderbar.«

Da umarmte ihn die Moni stürmisch.

Die Kamera, gottlob, hielt alles fest. Und der Laptop auf den Knien von Frau Professor Baur-Melchior.

»Wenn die Gelassenheit sich einstellt«, der Meister sah uns an, der Reihe nach, es brauchte seine Zeit, schien er zu wissen, bis wir ihm folgten, rein innerlich, »wenn die Gelassenheit sich einstellt,« wiederholte er mit feinem

Lächeln, »hat das Können von mir Besitz ergriffen.« Und er verbeugte sich, weil alle klatschten. Die Moni, das Rosenresli, der Mops, die anderen sieben, sogar der Pianist. Am lautesten aber klatschten Frau Doktor Immenstaat und Frau Professor Baur-Melchior.

Der Meister war noch nicht zu Ende. Die Musik nämlich war – er sah versonnen in die Ferne, kehrte zurück, weil er gefunden hatte, was er gesucht – sie war ein anderer Modus als die Sprache. Keine noch so kleine Täuschung möglich. Keine Lüge. Dies hatte die Monika soeben beim Singen erfahren dürfen. Da täuschte sich der Professor nicht. Sein Eindruck, dass auch die Zuschauer dies wahrgenommen hatten. Nicht wahr?

Allerheftigste Zustimmung auf den Rängen. Am heftigsten aus Reihe drei. Aber kurz. Denn beide Damen waren wie im Fieber. Die pädagogische Sternstunde, die wir erleben durften, galt es festzuhalten für die Nachwelt, und überhaupt.

3

Zum Abschied überreichten das Rosenresli, der Mops, die Moni und alle übrigen dem Meister, dem sie viel verdankten, Arme voller Rosen. Auch dem Pianisten, dessen stupende Gelassenheit ein genetisches Korrelat vermuten ließ mit dem Professor. Gedanken, die nicht hierhergehörten.

Die beiden Damen, die wussten, wo es galt, standen ganz vorne auf dem Podium. Der Professor lächelte bescheiden. Brausender Applaus, Beifall, der nicht enden wollte.

Schließlich doch. Frau Dr. Immenstaat ergriff das Wort in ihrer Eigenschaft als Kuratorin. Ihr Modus sei das Sprechen, sprach sie und bat den Meister mit gepflegter Stimme, ihr dies nachzusehen. Ungeheures habe man erleben dürfen. Metamorphosen, die man nicht geahnt. Und ein Triumph des Liedgesangs, von dem man sage, dass er im Schwinden sei. Hier aber aufs Gründlichste widerlegt. Woher die Scheu?

Dies fragte sich Frau Dr. Immenstaat. Die Angst womöglich, vor dem Lied? War es das Wagnis, das man fürchtete, die Freiheit? Das Rubato? Ja, zum Rubato bedurfte es des Mutes. Man meinte, man müsse singen wie bei Bach. Bach war Grammatik. Das Lied hingegen nicht. Das war der Punkt.

So sprach sie, und der Professor nickte. Es war ihm eine Freude. Er hatte seinerseits zu danken. Er hatte viel gelernt.

Adieu.

Das dürfen Sie nicht!

Die junge Ärztin am Lehrstuhl für experimentelle Kardiologie bot infolge einer Überwältigung durch die Schönheit der blühenden Natur dem italienischen Gastkollegen eine Führung an durch das berühmte und inmitten eines ausgedehnten Waldgebietes besonders reizvoll gelegene mittelalterliche Kloster. Dies geschah aus Freundlichkeit und aus kultureller sowie gastgeberischer Verantwortung. Im Anschluss war ein Waldspaziergang angedacht, falls es die Zeit erlaubte.

»Con piacere«, sagte der und seine schwarzen Augen leuchteten. Domani, fügte er hinzu, e colla sua machina. Dies war vernünftig, des schönen Wetters wegen, und weil sie beide dienstfrei hatten.

Die Kardiologin sang aus voller Kehle ein Frühlingslied, sehr schön, denn ihre Stimme war geschult. Auch der Kardiologe sang schön und innig, denn er war Sizilianer. Wie Feuer funkelte sein Spyder im Frühlingssonnenschein. Man fuhr durch Wiesen, das Gras stand hoch, mit offenem Verdeck. Der Fahrwind wirbelte den hellen Pagenkopf der Ärztin durcheinander. Ein paar Minuten später war man am Ziel.

Am Klostertor fuhr der Kollege jedoch vorüber, obgleich sie »Halt« rief, bog kurz darauf in einen schmalen Waldweg ein, bremste scharf vor einer Schranke, die herabgelassen war, umschlang sie ohne Weiteres, und eh sie sich's versah, war sie geküsst.

»Das dürfen Sie nicht!« schrie sie, entwand sich seinen Armen und floh hinaus. Nahm nicht Weg noch Steg, sondern stürmte querfeldein in die Stadt zurück. Dass sie Wanderschuhe trug, kam ihr sehr zu Hilfe.

Von ihrem Chef, den sie verehrte und den sie wie einen Vater liebte, forderte sie Vergeltung für das Unrecht, das sie erlitten hatte. Platzte in die Nachmittagsvisite, nahm keine Rücksicht auf den frisch Operierten, dessen Herz am seidenen Faden hing. Wovon sie Kenntnis hatte, da sie die Assistenz gemacht am Morgen, die Messerchen gereicht. Kein einziger Fehler war ihr unterlaufen. Sein Lob. Die innere Naht gesetzt, zum ersten Mal.

Im Raum wird's still. Man hält den Atem an.

Er lacht.

»Sie können's halt nicht lassen!« Der Gewaltige lacht Tränen. Die Oberschwester nimmt ihm die Brille ab und wischt sie klar.

»Sie sind doch alle gleich, die Männer!« Ausschütten will er sich vor Lachen, und alle lachen mit. Der Oberarzt, die Assistenten, die Doktoranden, die Schwestern und die Praktikanten lachen schallend. Halten sich die Bäuche. Können sich nicht fassen vor Vergnügen. Auch der Patient lacht mit, sogar die Messgeräte, die jetzt lauter summen. Man hätte glauben können, die Kabel und die Drähte tanzen, mit denen sie an seinem Körper angeschlossen sind.

Einen Monat später konnte die junge, begabte Kardiologin die Psychiatrie verlassen. Das akute Stadium des Wahns, dies konnte man zumindest sagen, war mit Erfolg behandelt worden. Von Prognosen mochte freilich keine Rede sein. Berührend sei und interessant auf alle Fälle, dass die Patientin in ihrem Wahn nicht etwa den Kollegen, auch den Professor nicht, sondern den Vater habe töten wollen, mit Messerstichen. Der Mann war hochgeachtet, moralisch streng. Vorbildlich in der Lebensführung. Bei der Entlassung heimgeholt, die Tochter. Man sei nicht froh darüber.

Die Weinbergschnecke

Die junge Schnecke verließ ihren Weinberg. An einem Hochsommerabend gleich nach Sonnenuntergang brach sie auf. »Verrat«, schrie es in ihr, »für dumm verkauft. Die eigene Mutter.« Durch eine Wanderschnecke ohne Haus war der Schwindel aufgeflogen.

»Mutter? Vater? Weiß man's?« Es war die reine Bosheit, aber die rote Streunerin sprach wahr. Schnecken nämlich waren Hermaphroditen und in diesem Punkt den Göttern gleich.

Das saß. Und war kein Zufall. Es war Fortuna. Am nächsten Tag schon brach die Weinbergschnecke zu den Göttern auf und in die Welt. Mit kühlem Kopf und heißer Seele. Gleich nach Sonnenuntergang. Eine Reise durch die Nacht, der Kühle wegen. Adieu sagte sie nicht.

Mit der Ruhe und der Stetigkeit, die ihrer Natur entsprach, kroch sie bergab. Das Weglein war steil, und die scharfen Kanten der roh behauenen Stufen machten ihr zu schaffen. Aber sie ließ sich nicht beirren. Auch rastete sie nicht, sodass sie gerade rechtzeitig vor Sonnenaufgang in der Frische der Morgendämmerung die Straße erreichte, von der sie viel gehört, aber die sie nie gesehen hatte. Am Straßenrand im Schutze eines frisch erblühten Löwenzahns hielt sie inne, denn es galt, das Weitere reifen zu lassen in ihrem Schneckengemüt.

Auf dem Höhenkamm jenseits des Tales ging eine feuerrote Sonne auf, die rasch höher stieg und an Kraft gewann. Ein heißer Tag kündigte sich an. Dennoch blieb die Schnecke außer Haus, denn was sich ihren Sinnen bot, war unerhört. Auf grenzenloser Fläche kreuzten Käfer in rasender Geschwindigkeit und scheinbar ziellos, als seien sie auf der Flucht. Auch Würmer erkannte sie, wenige nur. Sie lagen seltsam krumm und halb vertrocknet auf dem Asphalt. Das Wort war neu. Von Käfern aufgeschnappt, die unter Blattwerk ihre Füße kühlten. Immer wieder erfasste die junge Schnecke ein Luftzug, stark genug, dass sie fürchten musste wegzufliegen. Die Vernunft gebot ihr dringend, sich zurückzuziehen. Ein süßer Sog, betörend neu, riet ab, und sie erlag ihm mit einem leisen Seufzer und mit Lust. Ihre schönen Augen auf den überlangen Stielen erfassten nichts.

Macht nichts, sprach sie. Genieße jetzt und lerne später!

Wie von selbst schwangen die schlanken Stängel auf ihrem Kopf sich ein in den Takt der Windböen, die sie von links und rechts erfassten. Es war ein Brausen und Sausen, immer rascher, je weiter der Tag voranschritt. Sie trieben lustig mit den Winden, sodass ihr war, als ob sie tanze. Der Rhythmus war berauschend. In der Mittagshitze aber schwanden ihr die Sinne.

Am Abend dieses Tages, der als der heißeste seit Aufzeichnung der Temperaturen in die Geschichte eingehen sollte, war von der jungen, prächtigen Schnecke nur noch ein winziges trockenes Häuflein übrig. Es lag neben einem besonders schön geformten und im Licht der Abendsonne perlmuttfarben schimmernden Schneckenhaus.

Therese schweigt

Ob der Tisch okay ist? Ich bitte dich, es ist der einzige, nun setz dich doch um Himmels willen, da sind ja schon andere – wo? – da drüben, die wollen den auch. Herrgott – was sagst du? Zu voll? Hier? Zu voll? Wegen Therese? Was? Ich brülle? Nicht so brüllen? Wieso brüllen? Bei dem Krach hier? Jetzt hilf doch Therese aus dem Mantel, ich nehm dann alles mit. Die Garderobe ist da drüben. Ja, beim Klo. Da muss ich dann gleich sowieso hin und Hauptsache, wir sitzen erst mal und überhaupt bin ich gern hier. Wüsste gar nicht, wo wir sonst hätten hinsollen, so spät, nach dem Konzert. Bei den vielen Zugaben. Die haben ja alle die S-Bahn nicht mehr bekommen, also die, die geblieben sind. Der Applaus war ja wahnsinnig. Mir tun jetzt noch die Hände weh. Bitte? Dir auch?

Ach so, die Ohren. Die Ohren tun dir weh. Ja, mein Gott, wegen was? Schostakowitsch? Ja, dann sag das doch vorher, dann geh ich mit jemandem hin, der das mag. Also ehrlich, nee. Du warst doch auch bei Schnittke. Letzte Woche warst du ausdrücklich mit in dem Schnittke. Im Theaterkeller. – Ja, ich fand's auch kalt. Aber die haben halt kein Geld oder das Geld geht dann halt anders wohin – also jedenfalls – nee, ich brauch keine Speisekarte, ich kenn die auswendig – und da hast du gesagt: ›Die *Glasharmonika* ist schön.‹ Schön, das hast du gesagt. Ich hab mir das gemerkt, weil ich weiß, ja, ganz recht, wie zögerlich du mit ›schön‹ umgehst. Genau! Ich ja auch. Deshalb war ich ja beeindruckt.

Was sagst du? Schnittchen? Willst du mich verarschen? Du, ich finde der Abend war bisher so gut, also, ich will sagen, ich meine das ernst mit dem ›schön‹ und der Schnittke ist dir ja auch ein Anliegen, das hast du gesagt. Dass man den öfter spielen soll. Klaro. Was? – Ich sagte ›klaro‹. Ja, ich benutz halt auch mal ein Wort von woanders her. Ja, gell, haha. Also die *Glasharmonika*, die war kurz. Zehn Takte, so in etwa. Hab's gezählt, aber jetzt weiß ich's nicht mehr. Ist auch egal. Natürlich. Bin da ganz bei dir – ist auch ein Scheißwort: Bin bei dir. Vergiss es. Aber ich hätte mir auch mehr gewünscht von der *Glasharmonika*. Das war eine überirdisch schöne Melodieführung. Du, du merkst schon, wie ich das ›schön‹ hier einsetze. Mit Bedacht. ›Schön.‹ Da hat Therese übrigens geweint. Ich hab's genau gesehen. Die Tränen liefen über ihre Wangen. Du, das hat mich vielleicht am meisten berührt.

Aber das ist jetzt einerlei. Beziehungsweise nicht das Thema. Mir geht's um heute und dass dir die Ohren wehtun bei Schostakowitsch und da muss ich doch mal grundsätzlich fragen, was deinen Ohren guttun könnte. Das weiß ich jetzt echt nicht – oder müssen wir jetzt nur noch die Kleine Nachtmusik hören? Wie? Wassermusik? Die kleine Wassermusik? Sehr witzig. Also du weißt schon, ich frag das im Ernst, weil nächste Woche ist Beethoven Opus einhunderteinunddreißig und da kannst du nicht damit rechnen, dass deine Ohren …Ja, ist gut. Ich weiß ja, was ich essen will. Habt ihr schon bestellt? Ach so. Und Therese? Was will sie? Erledigt? Gut. Okay. Reicht ja, wenn ihr es wisst. Ich darf mich aber wundern. Therese braucht ja sonst sehr lange, bis sie weiß, was sie möchte. Wenn sie es überhaupt sagt. Wundert mich jetzt ehrlich, aber gut, mich freut's ja, dass sie sich schon entschieden hat.

Hat sie nicht? Also wie jetzt? – Therese?

Therese? Du weißt also – wie? Hast du was gesagt, Therese? – Bitte? Ich? Was ich essen – ich sag es ja gerade. Spaghetti. Kirschtomatenspaghettini und einen Rotwein. Trocken. Einen Dezi. Genau. Brauchst gar nichts reden, du, wir haben das geklärt. Ich fahre also einen Dezi und du trinkst, was du möchtest. Ich bin dran und ich versteh jetzt eigentlich nicht, warum wir daraus ein Thema machen sollen. Weil ich nämlich immer noch bei Schostakowitsch bin oder jetzt halt bei Beethoven und bitte, es gibt andere Abo-Reihen. Das gemischte Abo, das kannst du gerne nehmen. Das kann ich sogar für dich bestellen, ich mach das. Keine Frage. Ich habe ja da Routine. Kostet mich einen Anruf. Die haben meine Daten. Die machen das. Aber ich geh da nicht hin. Das geht über meine Kräfte, und ich bin jetzt auch ehrlich ein bisschen geschockt, wie du das jetzt so sagst. Nach all den Jahren.

Wo wir all die Jahre in der Kammermusik waren und du hast nix gesagt. Und bei Schnittke noch ›schön‹, da war ich wirklich – was? Ich fand das ja ungeheuer großzügig, vier Zugaben, nach der Leistung, also Schostakowitsch Streichquartett, hallo! Die haben geschwitzt, das hab ich gesehen. Die Zweite Violine hatte Schweißperlen – genau: auf der Stirn.

Therese? Wo ist sie denn? Wo? Auf dem Klo? Ich hab das gar nicht mitbekommen. Ja, wie auch. Ich muss ja hier alles allein – Therese? Wie jetzt? Ja, wann denn? Ja, spinnst du? Jetzt können wir sehen, wie wir sie finden. Wenn überhaupt.

Die Hüterin der Geschichten

I

Alle Bücher gingen durch ihre Hände. Die neu hereingekommenen und die aussortierten. Vor allem die aussortierten, da sie sie fortschickte. Die wenigsten Bücher öffnete sie, und nur eine Handvoll las sie selbst. Sie hielt sie in ihren Händen für einen kurzen Augenblick. Mehr brauchte es nicht. Seit achtundzwanzig Jahren leitete Dora die Bibliotheca Engiadinaisa in Sils im Oberengadin. Bücher waren ihre Leidenschaft und ihnen galt ihre Sorge.

Es waren achtzehntausend und etwas darüber, auf drei Stockwerken, in je drei Räumen. Um sie zu kennen, strich sie über die Titelseite, fühlte die Glätte neuer Taschenbücher und die gröbere Textur der Schutzumschläge, wenn sie gebunden waren. Meist traten die Buchstaben um ein Weniges heraus, sodass sie sie lesen konnte mit ihren Fingerkuppen, wie Blinde es taten. Mehrmals ging sie über den Schriftzug, wischte darüber hinweg, leichthin und scheinbar flüchtig; fuhr mit dem Zeigefinger die Buchstaben nach, nur die des Autors, den Vornamen und den Nachnamen. Titel mochten schön sein, aber immer waren sie unerheblich. Den Namen des Menschen wollte sie kennen, der das Buch geschrieben hatte. Erst dann bekam es einen Platz in ihrem Gedächtnis. Sie schöpfte aus der Fülle, da sie an der Quelle saß. Den Geschichten der anderen galt ihr brennendes Interesse.

Von Zeit zu Zeit, nicht oft, kamen ihr die Menschen nahe genug, dass sie sich um sie sorgte. So, wie sie sich um ihre Bücher sorgte.

Von Haus aus war sie Mathematikerin. Mit Leidenschaft durchmaß sie den Zahlenraum und bewunderte seine Ordnung. Ihre Gedankengänge waren von makelloser Logik. Kristallklar und durchsichtig wie Forellenwasser. Mit der gleichen Passion leuchtete sie hinein in die dunkle Unergründlichkeit der Menschenseele, auf der Suche nach einer Ordnung, an deren Existenz sie nicht zweifelte. Material besaß sie zuhauf. Von jeder Systematik aber war sie weit entfernt. Experimente verbot die Natur des Forschungsgegenstandes. Ersatzweise und zu ihrer Beruhigung schrieb sie Kriminalromane. Beobachtete, sammelte und ordnete. Legte Zettelkästen an. Die Macht der Detektivin, die in Doras Namen handelte, war grenzenlos und schmeckte süß. Dora war keine Närrin und brach ab, schrieb keine Kriminalromane mehr, als sie erkannte, dass sie sich selbst betrog. Das war im Flachland und lag lange zurück. Die kleine Reihe, neun gebundene Exemplare – eine Taschenbuchreihe war nie erschienen – befand sich jetzt in ihrem Privatbüro, hinter Glas, in einem handgeschnitzten Schränkchen aus Lärchenholz. Kaum einen halben Meter breit, zwei Reihen übereinander. Auch ein paar frühe Schreibversuche, die ihr am Herzen lagen, bewahrte sie dort auf. Wenn sie am Schreibtisch saß, fiel ihr Blick von selbst darauf, da es auf Augenhöhe hing, ihr gegenüber. Immer war es abgeschlossen. Der winzige Schlüssel war aus Gold und hing an einem feinen Kettchen um ihren Hals. Ein Juwelier am linken Limmatufer hatte ihn nach ihren Wünschen angefertigt.

Das Kabinett stammte aus der Scheune ihres Bruders. Es war ein Bretterhäuflein inmitten anderen Gerümpels in dem riesenhaften Bau, halb Stall, halb Wohnhaus, auf einem Höhenzug im Oberallgäu, einsam gelegen und schwer erreichbar und schon lange auf dem Markt, als der es kaufte, zu einem Spottpreis. Das war im Frühjahr, vor achtundzwanzig Jahren. Dora war dabei gewesen, auch im November, als sie den Flügel brachten. Aus Italien über die Alpen herauf zu ihm. Da war das Haus instandgesetzt, und Schnee lag in der Luft. Es war Knochenarbeit, die Männer stöhnten. Schleppten den Concert Grand über den Rasen zur Panoramafront, sanken ein im feuchten Erdreich, fluchten fürchterlich, drinnen Pitt, im Hellen, die Arme verschränkt. Sah unverwandt hinaus. Ein Ruck, ein Blick gewechselt, anheben jetzt! Und sie hoben ihn über die Schwelle hinein, ins Innere der Scheune, wo alles vorbereitet war. In der Nacht kam der Schnee. Am nächsten Morgen waren sie eingeschneit. Pitt und sein Klavier. Sie blieben eingeschneit, auch als es taute. Auch den Sommer über. Bis heute blieben sie eingeschneit. Rein bildlich gesprochen. Dora sprach gerne in Bildern, nahm sie zu Hilfe, wenn die Zahlen schwiegen. Bilder waren reizvoll, aber die Zahlen waren ihre Lust.

Pitt spielte Jazz-Piano. War *Artist of the Year,* als er die Scheune kaufte, und *Best Pianist.* Sein Instrument liebte er wie vordem keine Frau. Die ließ er »abperlen«, wörtlich, zu Dora: »Schau, wie das abperlt.« Pitt hatte

134

seinen weiten schwarzen Ärmel hochgekrempelt – Pitt trug Schwarz – seinen prachtvollen, bronzebraunen, gut geölten Unterarm ans Licht gehoben, dass er glänzte, mit zwei Fingern darübergestrichen und gesagt: »Abperlen. Du verstehst schon, Schwesterherz. Da bleibt nix hängen.« Sein *Jazz on Sunday Night* war legendär und immer ausverkauft. Jeden letzten Sonntag im Monat. Bei schlechtem Wetter dampfte die Scheune. Im Eingang ein Kleiderhaufen: Parkas, Jacken, Mäntel, Westen, Jacketts, Capes; Loden, Wolle, Nylon, Pelze, dunkel von der Nässe, ein Lumpenberg, noch warm, ein käsig säuerlicher Geruch lag über allem, drang in jede Ritze. Die Letzten saßen auf dem nackten Boden, nie reichten die Stühle und die Kissen. Sie nahmen es hin. Dem einen oder anderen gab er Unterricht, den er für fähig hielt. Jeden Herbst kam er herab nach Donaueschingen, spielte Unerhörtes. Trat schon am nächsten Tag den Heimweg an in aller Frühe. Keine Autogramme. Ein, zwei Gespräche in der Nacht mit Auserwählten. Ihm ließ man alles durchgehen. Verzieh ihm in der Szene, wo man andere erledigt hätte.

Dora war noch am selben Abend abgereist. Fuhr hinter dem Laster her ins Tal, durch den Pfändertunnel und entlang des Bodensees, sah die Lichter der Fähren auf der schwarzen Wasserfläche rechter Hand, wandte sich nach links, St. Gallen, Zürich und Chur mit ihren Bibliotheken. Sie schritt im Geist die Räume ab, erinnerte die Logik der Ordnung, die sie dort geschaffen hatte oder wiederhergestellt, wo Schlendrian und Unvermögen die Schönheit der Systematik gefährdet hatten; wo sie zusammengebrochen war. Um Mitternacht überquerte sie den Julier, es schneite wahnsinnig, die Sicht war schlecht, kein Vordermann mehr, an dessen Lichter sie sich hätte heften können. Der Schnee mochte sie verschluckt haben wie so viele vorher schon. Schnee und Eis, eine Nebelwand verschlangen im Hochgebirge die Achtlosen, lautlos und wie nebenbei. Dora aber gelangte heil hinab nach Silvaplana, wandte sich nach rechts und fuhr am See entlang. Ein riesiges schwarzes Loch zu ihrer Linken. Dora erkannte keine Streckenführung mehr, ein Flockenwirbel im Scheinwerferlicht, der ihr jede Orientierung nahm. Dass sie nach unbestimmter Zeit links abgebogen war ins Dorf hinein, erinnerte sie nicht. Der Weg nach Hause, erkannte Dora im Nachhinein, hatte sich von selbst gefunden. Wie Pferde unter allen Umständen den herrenlosen Wagen nach Hause zogen gegen alle Vernunft, so stand auch sie am Ende vor der Eichentüre, schloss sie auf und ging hinein zu ihren Büchern. Wie Pitt blieb sie eingeschneit, den Winter über und den nächsten Sommer über und alle Winter die folgten und alle Sommer bis zum heutigen Tag. Pitt und Dora waren im Gebirge eingeschneit seit achtundzwanzig Jahren. Pitt hütete sein Instrument, und Dora hütete die Bücher.

Ganz Sils kam in Doras Bibliothek. Oder doch beinahe und saßen in den Sesseln, sieben schwere Fauteuils, in einer Reihe, im Zeitschriftenzimmer, mit Blick auf den Corvatsch. Die Hotelgäste kamen um ihretwillen, da sie die Zeitungen längst gelesen hatten. Ganz sicher kamen sie um des Ortes willen, dessen Genius sie sei, hieß es, der Geist des Bücherhauses. Das war der Ton von Sils. Sie hielten es in der Schwebe. Wohltemperiert, sie nannten es die wohltemperierte Stimmung von Sils. Eine Redewendung, weiter nichts. Da sie umschlug, wenn niemand es vermutete. Jäh und, der Seltenheit wegen, mit umso größerer Wucht.

Alles las. Man las in St. Moritz, in Pontresina und Maloja. Weit mehr als irgendwo im Flachland. Im Wega lagen die Bücher im Fenster wie die Cremeschnitten im Hanselmann. An Feiertagen und am Sonntagmorgen verkauften sie mehr Bücher im Wega als Cremeschnitten im Hanselmann. Sils aber war einzigartig. Und unerhört. Die verschwundenen Bücher des Flachlandes befanden sich dort. Jedes Haus in Sils war ein Bücherort. Die Lesenden von Sils hüteten ihre Bücher bis zuletzt. Sie hielten Bücherbündel an ihre Brust gedrückt, so wie sie ihre Kinder an die Brust drückten, wenn sie aus brennenden Häusern stürzten oder herausgeführt wurden aus ihren Wohnungen von dazu Befugten und nicht weiterwussten. Das war die Wahrheit, rein bildlich gesprochen.

Achtzehntausend Bände. Darunter unzählige mit handschriftlichen Zueignungen, Liebeserklärungen der Autoren, ohne Ausnahme. Schriftzüge, die sich um Lesbarkeit nicht scherten. Immer traf Dora die Wucht der Sätze, auch der flüchtigsten, aufs Neue. Weil sie zur Sache schrieben. Nichts anderes war ihnen möglich in dieser Höhe. Ihre Sache war in Stein gemeißelt an der Spitze der Chastè.

Das Licht über dem Wasser brachte sie herauf. Die Kunstschaffenden malten es auf Leinwand, aber es gelang ihnen nicht. Auch den Besten unter ihnen nicht. Weshalb sie es immer aufs Neue versuchten und ein Leben lang heraufmussten.

Dora kam das erste Mal herauf vor dreißig Jahren. Mit Felix, dem jüngsten von den drei Geschwistern. Felix war Student und arm wie eine Kirchenmaus. Das Hotel bezahlte Dora von ihrem ersten Bucherfolg. Zwölf zauberhafte Tage lebten sie in den Tag hinein. Zwei Falter, ein heller und ein dunkler, gaukelten im Sonnenschein. Sie waren auf der Suche nach dem rechten Licht. Dem rechten Ort, da Felix malte. Zwölf Tage, die Dora unter ihre schönsten rechnete, als sie vorüber waren. Einige der Texte im Kabinettchen waren dort entstanden. Sie noch einmal zu lesen, bräche ihr das Herz.

Im Jahr darauf bewohnten sie Südzimmer mit Balkon und mit freiem Blick ins Fextal. Felix wählte das Beste, das Schönste. Forderte es ein, wenn er es sah. Ging aufs Ganze, sein Leben lang, schon als Kind, im Kinderzimmer, im Elternhaus. Immer das Äußerste. Alles hatte Dora aufgeboten, um ihn herabzudämpfen. Aber es gelang ihr nicht. Die Hüterin ihres Bruders war sie nicht. Nun hütete sie die Bücher und die dankten es ihr. Ihre Brüder aber liebte sie innig, den großen und den kleinen. Besonders den Kleinen, den sie nicht hatte hüten können.

In jenem Sommer glühte das Hochtal. Kein Malojawind. Die Hitze stand zwischen den Dreitausendern, der See war brackig, die Menschen bewegten sich langsam. Am Mittag stand alles still. Kühlung brachte die Nacht. Felix war in aller Frühe auf, sauste durchs Foyer vorbei am Nachtportier hinaus, mit nacktem Oberkörper und barfuß in Sandalen, hell erleuchtet für einen kurzen Augenblick von den Lampen links und rechts der Freitreppe, und schon hatte ihn der Wald verschluckt.

Felix rannte geradewegs zum See, steil hinab und schmal und steinig, zwischen den Tannen hindurch im Zickzack, ein Nachtelf, und schon mit einem Satz im Freien. Auf dem Uferweg. Silbern die Wasserfläche. Leises Schmatzen von kleinen Wellen. Massen von Lupinen, mannshoch, üppige Dolden, dunkel und schwer vom Tau der Nacht. Dort hielt sich Dora verborgen, erwartete den Bruder auf einer Bank. Jeden Morgen war sie zeitig da, wenn Felix kam. Der schleuderte im Laufen die Sandalen weg, riss die Shorts herunter, wirbelte sie im Kreis herum, am ausgestreckten Arm nach Art der Diskuswerfer, rasend schnell, ließ los. Ein Stoffgeschoss schlug ein, weit draußen, und Felix hinterher, sein nackter Körper hinein ins Eisige; das war pechschwarz. Im Zwielicht des heraufdämmernden Morgens hatte seine Haut den Ton von mattem Elfenbein. Er peitschte das Wasser auf, schrie gellend; kraulte rasch weg vom Ufer.

Währenddessen stieg die Sonne über die Bergkette. Dora stand am Wasser, hörte den Bruder jauchzen, seine hohe Stimme, ein Ton mit einem Silberfaden; sah den hellen Schopf zwischen funkelnden Tropfen. Immer weiter weg hinaus. Ins Licht bis an den Horizont, mit dem er verschmolz, ganz hinten im Unendlichen. Dass er zurückkam, war wunderbar. Dora rechnete nicht damit. Als sie es ihm sagte, lachte er, umarmte sie stürmisch.

Dann kam er nicht mehr. Sein Herz war zu schwach.

Er ertrank mitten im See. Es dauerte zwei Tage, bis sie ihn fanden. Den ganzen Morgen und den ganzen Nachmittag stand Dora hart am Wasser, wartete auf den Kleinen, suchte ihn in der Ferne, hielt schützend die Hand über die Augen, blinzelte ins gleißende Licht. Am Abend waren die Lider entzündet, ihre Augen rot wie die letzte Glut in der Asche einer Feuerstelle. Sie stand auch noch, als sie ihn brachten. Wollte ihn in ihren Armen halten, damit er für immer geborgen sei. Aber sie gaben ihn ihr nicht. Er war in eine Decke gewickelt, die war blau wie die Lupinen. Sie gaben ihn Pitt, der heraufgekommen war. Er war es, der ihn identifizierte.

Dora hatte nie damit gerechnet, dass Felix ihr lange bleiben würde. Von Pitt kein Wort. Er hatte seinen Arm um sie gelegt, seinen gut geölten, bronzebraunen Arm unter schwarzem Samt, hatte sie gehalten, als sie den Bruder begruben. Drunten bei den Eltern, die alle drei schon früh verloren hatten. Danach kehrten sie dem Flachland den Rücken und gingen hinauf in die Höhe, Dora bedeutend höher noch als Pitt. Von Felix blieb ihnen nichts. Auch keine Bilder. Felix war kein Maler. Seine Bilder waren schlecht. Felix konnte gar nichts.

II

Durch das Panoramafenster des Lesezimmers, das fast die gesamte Gartenseite der Bibliothek einnahm, hatte Dora freie Sicht nach Westen auf das Wasser und die Kette der Dreitausender. Der Anblick konnte ihr den

Atem rauben, immer noch nach achtundzwanzig Jahren. Rechts drüben hatte sie das Chalet in ihrem Blick, sehr bequem, nur eine leichte Drehung des Kopfes und tief in ihrem Sessel, sah den Mann in seiner Liege, auf der Terrasse, die nach Süden ging. Bis vor Kurzem war er ein Unbekannter. Denn er kam nicht in ihre Bibliothek. War noch nie gekommen. Seinen Namen kannte sie nicht. Sein Gesicht war auf die Entfernung nicht auszumachen. Oder doch nicht genau.

Wenn das Chalet bewohnt war, am Wochenende und meist von vielen, standen die Autos kreuz und quer. Blockierten den Weg zum See. Bisweilen waren sie zu zweit, Mann und Frau. Dann stand ein Lancia in der Einfahrt. Mit Züricher Nummer. Das hatte sie wahrgenommen bei den seltenen Malen, an denen sie zum rechten Ufer hinüberging. Da es die Westseite war und also das Morgenufer. Dora aber spazierte am Abend, beinahe täglich nach Bibliotheksschluss, und also nach links zum Abendufer. Saß auf der Bank am Bootshaus und sah die Sonne untergehen hinter der Bergkette drüben am Morgenufer. Die vollkommene Schönheit des Licht- und Farbenspiels brachte ihr Felix zurück, bisweilen war ihr, als sehe sie weit hinten seinen hellen Schopf über der silbernen Wasserfläche. Dann richtete sie sich auf, winkte hinüber, winkte ihm zu, heftig, große Bewegungen mit beiden Armen. Damit er sie sehe. Ihre Angst, Felix sehe sie nicht, rechne nicht mehr mit der Schwester nach so langer Zeit.

Immer ein Lancia in der Einfahrt, wenn sie zu zweit waren. Dies hatte sie herausgefunden, ganz nebenbei.

Was ihr begegnete, las Dora auf, nahm alles an sich, was herumlag, fast gedankenlos, sie tat es der Systematik wegen und weil die Logik es ihr abverlangte. Dem Zufall überließ sie nichts. Was sie sah am Wegesrand, jede Zahl, jedes Wort, jeder Seufzer, jede Not, jedes Glück, jeder Blick, auch die Farbe der Liegen in manchen Chalets, alles fischte Dora auf, holte es zu sich hinein, gab ihm seinen Platz. Immer neue schöne Ordnungen entstanden in Doras Innenraum: filigrane Gebilde, schwerelos, Chiffren, Zahlen, die zusammenfanden und wieder auseinanderstrebten, Regeln folgend, Planeten gleich in ewiger Bewegung nach einem Programm, das niemand kannte. Auch Dora nicht.

Karfreitag um die Mittagszeit trat sie aus dem Wald heraus ans Licht, nach einem Vormittag auf der Chastè und sah den Mann links drüben, auf der Terrasse des Chalets, der heftig winkte. Er winkte ihr zu, winkte sie her. Schien zu glauben, sie sei erschöpft von ihrer Wanderung im tiefen Schnee, schaffe den Weg nicht mehr zurück ins Dorf. Auch Neugier mochte eine Rolle spielen.

Er täuschte sich. Übers Schneefeld querfeldein zur Gartenseite der Bibliothek war ein Katzensprung und kinderleicht, wenn man wie sie den Fuß dahin zu setzen wusste, wo fester Grund war und der Schnee nicht allzu hoch. Andernfalls hätte sie diese Route nicht gewählt. Das war es nicht, warum sie abbog und in seine Richtung stapfte. Auch keine Neugier, und erst recht nicht, weil sie Gesellschaft wünschte. Wer ihr zu nahe trat, den wies sie ab. Ein Satz zur Sache, von messerscharfer Logik, nicht laut, eher beiläufig, traf schwer. Bisweilen tödlich. Ein Fallbeil, fein geschliffen, blitzschnell herab, lautlos und längst vorüber, wenn der Schmerz kam.

Warum sie zu ihm hinüberging und nicht nach Hause, hätte sie in dem Moment nicht sagen können. Wohl aber, warum sie ihn in seine Schranken wies, bevor sie wieder wegging an jenem Nachmittag. Von Beat wegging, dem das Chalet gehörte.

Warum Beat glaube, er bekäme sie, Dora, in sein Bett, indem er ausschließlich über Karin spreche, seine Frau, erschließe sich ihr nicht, hatte sie ihm sagen müssen. Kein Fallbeil, nur eben das Nötige. Wies ihm den Platz an, durchaus in ihrer Nähe. Denn er war reizend. Das Wort benutzte sie mit Bedacht, hatte lange danach gesucht, wog es in der Hand, fand, dass es das richtige war. Verführerisch träfe nicht zu in ihrem Fall. Andere mochten darüber reden, wie sie wollten. Ihr war Beats Lächeln reizend. Und da sie dieses Lächeln nicht mehr entbehren mochte, da es ihr das Herz wärmte und es den Anschein hatte, als sei es nur für sie bestimmt, nahm sie sich vor, ihn fortan zu behüten wie ihre Bücher. Die Bände im Kabinettchen hinter Glas miteingeschlossen.

Sie hatte neben ihm gesessen, auf der Terrasse an der Südwand des Chalets. Das warme Mauerwerk tat ihrem Rücken wohl. Von der Seite erkannte sie jene besondere Bräune seiner Haut, die den Blondhaarigen vorbehalten war, einen hellen Bronzeton; immer wieder sah sie verstohlen zu ihm hin, blinzelte gegen die Sonne, konnte nicht genug bekommen, während er zu ihr sprach; lange und freimütig über sich und noch viel länger und ohne jede Scheu über seine abwesende Frau. Vor allem über jene. Lächelte selbstironisch wie wohlerzogene Engländer, die sich lächerlich machten, wenn sie die Dinge ernst nähmen. Natürlich verdankten sie jene heitere und liebenswürdige Haltung ihrem unerschütterlichen Glauben an sich selbst. Dora war sehr vertraut mit diesem Typus, der nicht selten war in den Geschichten. Der hier aber, in Fleisch und Blut, von dem sie nicht lassen mochte, war ein Besonderer. In der Kunst, das eigene Licht unter den Scheffel zu stellen, zählte Beat zweifellos zu den Spitzenbegabungen mit jenem ganz eigenen Charme, der schwer zu beschreiben war. In dieser exquisiten Form waren sie rar in der Literatur. Dora sah die Buchrücken vor sich, kannte die Signatur, kannte Raum, Regal und Reihe. Ein kleiner Bücherstapel, drei, vier Autoren, die allerbesten. In deren Texten hatte sie eine Handvoll von jenen Reizenden erkannt, die ihre Sympathie erworben hatten, weil sie ihr Leichtigkeit und Licht verschafften und weil sie ihr die Treue hielten. Die kurze Liste ihrer Namen, Männer, die es in Wirklichkeit nicht gab, kam im Rang gleich nach ihren Brüdern. Jetzt rückte Beat an diese Stelle. Pitt, Felix, Beat. Sie schrieb sie hintereinander, im Geiste, ihre Namenszüge, lang ausgezogen, runde Bögen; drei Namen schwarz auf weiß.

»Insofern«, dachte sie, aber weiter kam sie nicht.

Das Zittern begann auf den Lippen, Doras Lippen schlugen aufeinander, klack klack klack, dann die Zähne, klick klick, rasend schnell, ein Trommelwirbel, scheppernd, blechern wie auf einer Kindertrommel. Der Trommelwirbel auf dem Richtplatz, dachte sie; und im Zirkus, ehe der Löwe springt. Der Trommelwirbel dehnte die Zeit, trieb die Spannung ins Unerträgliche. Dora umklammerte den Sitz mit beiden Händen, weil jetzt ihr ganzer Körper zitterte. So heftig, dass auch die Holzbank leise bebte, auf der sie mit Beat saß. Der merkte nichts. Auf Samtpfoten schlich sich der Gedanke ein in ihren Körper, bis in die Glieder wie Champagner, ein ungeheures Glück ergriff von ihr Besitz im Trommelfeuer, ein Glücksgefühl so groß, dass sie hätte platzen mögen.

»Insofern war Beat Felix ähnlich.« Das war der Satz. Die Trommel schwieg. Der kleine Schritt zu der Erkenntnis, dass es in Wahrheit nichts zu unterscheiden gab, gebot die Logik, und Dora tat ihn mit Leichtigkeit. Sie hatte Felix wieder. Das war der Fall.

Am selben Abend schrieb sie auf, was sich am Nachmittag ereignet hatte. Sie schrieb von Hand. Von jeher hatte sie mit der Hand geschrieben. Mit einem weichen Bleistift. Auf feines Papier, handgeschöpft und mattweiß, ein aparter Ton, das sie sich schicken ließ. Ihre Schrift war lesbar wie Gedrucktes. So gut wie nie strich sie durch.

Rasch war sie fertig. Die Fakten lagen auf dem Tisch. Die Fakten, das wusste sie, waren Pfähle, auf denen die Geschichten ruhten. Die steckten tief im Boden. Hielten fest, was luftig war und leicht – und märchenhaft. Nur allzu rasch flöge es mit dem Wind, hoch hinauf in die Lüfte und weit über alle Berge in die blaue Ferne.

Dora hielt fest, was geschehen war der Reihe nach und mit großer Klarheit. Hielt Beat fest, damit er ihr nicht ein zweites Mal abhandenkomme. Denn dass sie

Felix wiederhatte, dass der zurückgekommen war, dass sie nichts zu unterscheiden hatte, daran bestand kein Zweifel. Kein Zufall, sondern der Grund, warum sie am Mittag zum Chalet gegangen war und nicht in ihre Bibliothek.

Sie gab die Seiten in eine dunkle Mappe aus feinem Leder, löste den goldenen Schlüssel von der Kette um ihren Hals, schloss das Kabinettchen auf und legte sie hinein. Drehte den Schlüssel zweimal um und zog ihn ab.

Eine Zweitschrift ging an Pitt. Der las sie nicht.

Es mochte sein, dass er den Brief in Händen hatte, dunkel tauchten die Schriftzüge seiner Schwester auf. Sein Name, die Buchstaben nach unten und nach oben lang ausgezogen, schwarze Tinte auf cremigem Weiß. Der Vanilleton im Kinderzimmer, wenn sie den Nachtisch aßen. Ihre Kinderlöffel, rot, blau, schwarz. Wenn Doras schwarzer Löffel durch die weiße Haut des Puddings drang, roch es betörend nach Vanille. Ein süßer Duft, den er bis heute in der Nase hatte, wenn er spielte. Nicht Jazz, sondern Bach. Eine einfache Melodie aus dem Notenbüchlein. Ein Motiv, das er so lange variierte, dass er selbst es nicht mehr hörte. Bis es verschwunden war. Dass Doras Kinderlöffel schwarz war, nahm niemand wunder; bis heute nicht. Sie teilte den Brüdern zu, ihm zuerst, danach löffelte sie dem Kleinen. Ein, zwei Löffel für sie selbst, zuletzt.

Es war ihm abhandengekommen, wie manche Post. Dass das Kuvert in irgendeiner Ecke lag oder unter einem Stapel von Unerledigtem, war sehr wohl möglich. Die Scheune hatte viele Winkel und sog auf, was nicht

146

mehr weiterkonnte. Baute es ab oder verfuhr damit auf eine Art, die ihn nichts anging. Dora hatte von Entropie gesprochen.

Sie musste im Frühjahr geschrieben haben, jetzt war es Spätherbst. Ein neuer Brief lag zuoberst auf dem Stapel, der am Nachmittag zu ihm heraufgekommen war. Ein größeres Kuvert, Pitt warf einen Blick darauf und riss es auf. Ein kleinerer Umschlag fiel heraus, cremig weiß, der Vanilleton, darauf sein Name mit schwarzer Tinte. Die Schriftzüge kannte er nicht oder doch nicht sicher. Er war verwirrt, zerrte am Umschlag, heftig, riss ihn mittendurch. Verharrte unbeweglich, sah hinaus ins Zwielicht. Dann nahm er sich des Briefes an, legte die beiden Hälften aneinander auf den roten Samt der Flügeldecke und las. Auf einem separaten Schreiben erhielt er die Information, auf die er Anspruch hatte, da er ihr Bruder war.

Am nächsten Morgen fielen die ersten Flocken, als Pitt hinunterfuhr ins Tal. Im feuerroten Neunelfer, dem einzigen im Oberallgäu und ein Unding, da er ihn selten brauchte, und der ihm wegrutschte, wenn alle anderen noch locker höher zogen. Die Serpentinen hinab und das Tal entlang nach Westen. Mit maximalem Tempo und immer auf der linken Fahrbahn; eine Lärmspur hinterlassend bis zum Bodensee. Er fuhr hinüber auf die deutsche Seite, entlang der Uferstraße bis in Badische, fuhr rechts heraus und über eine kurvenreiche schmale Straße zwischen kahlen Äckern und Wäldchen auf sanften Hügeln ins Landesinnere hinein. Über allem lag Raureif. Hinter dem Hochnebel schimmerte eine blasse Sonne. Ein paar

Gehöfte links und rechts, die boten Äpfel feil, Körbe mit Apfelsorten, die es in jedem Supermarkt zu kaufen gab. In der Ferne ein Kirchturm, gleich danach der zweite. Zwillingstürme. Nach der nächsten Biegung war der Blick frei auf eine barocke Anlage hinter hohen Mauern. *Sie haben das Ziel erreicht,* die Frauenstimme aus dem Lautsprecher war sanft und fest. *Jetzt haben Sie das Ziel erreicht,* sagte sie nochmals. Pitt fuhr noch ein paar Meter geradeaus bis zu einer Schranke, die ihm die Weiterfahrt unmöglich machte. Er hielt an. Stellte den Motor ab, nahm den Zündschlüssel an sich und stieg aus.

Vertrat sich die Beine, sah die Häuser hinter der Mauer durch die kahlen Bäume, Raben krächzten, ansonsten war es still. Dann ging er zurück zur Sperre, las die Aufschrift auf der Plakette, die auf Augenhöhe hing am rechten Pfosten. Drückte auf den Knopf darunter, hörte das Knistern des Lautsprechers und sagte, ohne die Stimme zu erheben, was zu sagen war. Sein Auto stellte er auf den Besucherparkplatz.

»Sie wird weniger.«

Der junge Mann im Armlehnstuhl sprach sanft und rollte das R. Weshalb man, er nahm die Brille ab, senkte den schmalen Kopf und sah sein Gegenüber an mit warmen, guten Augen, ein wenig schräg von unten herauf. Weshalb man erwogen habe – hier hielt er inne, wandte den Blick zum Fenster, vollführte eine kleine Drehbewegung mit der Brille – und zu dem Schluss gekommen sei, er setzte die Brille wieder auf, ihn ins Bild zu setzen. Als den Bruder, und einzigen Verwandten, soweit man wisse.

Und auf Wunsch der Patientin, was den Ausschlag gebe. Überhaupt nur in ihrem Sinne. Grundsätzlich.

Sein Gesicht war ernst und wirkte keineswegs mehr jung. Er lehnte sich zurück, schlug die Beine übereinander, seine Hose hatte eine modische Farbe, Bügelfalten. Er trank einen Schluck Mineralwasser, vor Pitt standen Kaffee, Milch, ein Schälchen Kekse.

Nichts Hirnorganisches. Wohlgemerkt. Sondern die Seele. Ein weites Feld und ein Rätsel am Ende, wer wisse das besser als er. Dennoch sei einiges erkennbar, Schwieriges, so wolle er es nennen, was er beschreiben könne. Ihm erklären, falls er es wünsche.

Ein fragiles Gleichgewicht im Falle seiner Schwester, da brauche es nicht viel, bis es zusammenbreche. Die frühe Sorge um die Brüder an Eltern statt. Eine schwere Bürde für ein Kind und ein hoher Preis, den es zu zahlen habe ein Leben lang.

Ein prüfender Blick zu Pitt, ob der ihm folge.

Der frühe Tod des Bruders. Ihre Schuld daran. Ein Trauma und allenfalls mit Hilfe zu bewältigen. Undenkbar für seine Schwester. Naturgemäß. Dass sie dennoch so lange zurechtgekommen sei, bewundere er über die Maßen. Ein Meisterstück. Er meine es so. Ein starkes Stück, wenn man so wolle. Eine starke Begabung, seine Schwester. Nicht selten im Übrigen bei den Patienten, die man hier behandle. Aber doch außergewöhnlich, wahrhaftig. Man gehe nachher gleich hinüber, die Zeit sei günstig. Drüben habe man geheizt, ihretwegen, nicht ganz billig. Nur ein Kamin im Marstall. Aber was für einer. Den habe man in Betrieb genommen, nach über hundert Jahren. Eine Herkulesarbeit. Ein Ungetüm, man mache sich kein Bild. Die Zeiten damals seien andere gewesen. Die Bücher also dort hinüber, jetzt, da man beschlossen habe, den Bibliotheksbau zu renovieren. Oder zu sanieren, da er im Verfall begriffen sei. Wenn man Augen habe, dies zu sehen. Was Jahre dauern könne. Der Buchbestand sei ausgedünnt, die Kodexe, Inkunabeln, Handschriften, Erstausgaben, alles weg. Ein Skandal, aber juristisch sauber. Man habe dies nicht mitgekauft. Kein Bestandteil des Kaufvertrags. Auch sinnlos im Hinblick auf die Zwecke der Klinik. Das Thema gehöre im Übrigen auch nicht hierher. Oder nur eben insofern, als es ein Glücksfall sei für die Patientin, die es für ihre Pflicht erachte, den Rest der Bibliothek neu einzuordnen und fortan zu betreuen. Immer noch genug, ein Haufen Bücher. Viele tausende. Er sei überfragt. Was seine Schwester mit Feuereifer und mit Liebe erledige. Und erstklassig, ohnehin. Was sie erhalte, wenngleich man nicht zu sagen wisse, für wie lange. Da etwas an ihr nage und sie verzehre. Der neuerliche Verlust, ein zweites Trauma, welches den Zusammenbruch bedeutet habe und in der Folge einen Wirklichkeitsverlust, dem therapeutisch nur schwer beizukommen sei. Im Grunde gar nicht, da sei er ehrlich. Pitt kenne die Fakten? Da der Brief sich ja dann doch gefunden habe.

Ein jungenhaftes Lächeln. Sank noch tiefer hinein in seinen Sessel, nahm die Brille neuerlich ab, legte sie beiseite und richtete den Blick nach innen.

»Die Fakten also«, wieder brach er ab; schien tief versunken in Gedanken.

Behutsam, nach einer Weile, behutsam sei man vorgegangen, drüben oder droben; in der Schweiz. Mit aller
Schonung, als die Dinge aus dem Ruder liefen. Er sage
es milde. Vor allen anderen habe gerade jener Beat sich
für sie verwendet. Rührend sei dieser Mann ihr zugetan. Obgleich er sich habe wehren müssen, sich Doras
erwehren. Dora spreche von Hüten und von Diskretion.
Er spreche von Beschatten und Kontrolle. Dora habe
Buch geführt, lückenlos. Elektronisch. Eigens ein Programm dafür geschrieben. Tabellen über Tabellen und
verschlüsselt. Immer wieder ändere sie den Code. Dass
sie überhaupt davon zu ihm gesprochen habe, grenze an
ein Wunder. In der Bibliothek habe man nichts bemerkt,
was kaum zu glauben sei. Ihr Zeitplan sei reine Mathematik. Höhere Mathematik, eine Gleichung mit zwei
Unbekannten. Er habe es sich erklären lassen müssen.
Und ein Unding. Da keine Zeit zum Schlafen blieb. Die
Bücher gehütet und den Mann gehütet, den sie für ihren
Bruder hielt. Lückenlos. Im Hochgebirge und drunten in
der Stadt. Bis zur gänzlichen Erschöpfung und darüber
hinaus. Vor der Züricher Wohnung habe sie auf ihn ge-
wartet. Halb verrückt vor Angst, wenn er nicht kam. Er
habe ihm verwehren müssen, die Patientin zu besuchen.
Nicht zu verantworten. Gar nicht auszudenken, was es
anrichte. Der Pförtner habe Anweisung, ihn abzufangen.
Man rechne nach wie vor mit ihm.

»Sehr sympathisch.« Der Therapeut warf einen prü-
fenden Blick zu Pitt hinüber. »Reizend«, fügte er hinzu.
»Wirklich. Liebenswürdig auf eine besondere Art.« Er
kenne ihn, habe mit ihm gesprochen. Eine Stunde nach

Doras Ankunft sei dieser Mann durchs Tor gefahren. Hinterhergefahren, die ganze Strecke, von Sils herab hierher. Er habe sich seiner angenommen, so weit als möglich. »Reizend«, wiederholte er und schüttelte den Kopf, als lache er über sich selbst.

»Ja«, sagte Pitt. »Bestimmt.«

Darüber mit ihm zu sprechen, habe der Erlaubnis der Patientin bedurft, naturgemäß. Die er bekommen habe, sehr ausdrücklich, im Vorfeld, als Leiter dieser Klinik, aber eben auch in seiner Eigenschaft als Arzt. Dies sei er zuallererst und als solcher spreche er zu ihm.

Eine Zeit lang schwiegen beide. Sahen hinaus auf den Innenhof.

»Gehen wir«, der Arzt, erhob sich und strich die Hose glatt. Bis zum Abendessen sei sie drüben. Er werde erwartet. Sie freue sich. Ob er in etwa sagen könne, wie lange er die Schwester nicht gesehen habe? Da diese ihm darauf keine Auskunft habe geben können.

»Ein Juwel, nach wie vor, die Pferdeschwemme.« Der Therapeut schritt leichtfüßig neben Pitt über den weiten Innenhof, wies auf die Skulpturengruppe in der Mitte. »Neptun«, sagte er im Vorübergehen, und jene dort, zu dessen Füßen, die Dame mit dem Fischschwanz, seine Frau. Oder die Freundin. Ein prächtiges Weib, er grinste, Thetis, sagte er dann, Thetis, auf alle Fälle. Er habe es nicht genau im Kopf. Pitts Schwester kenne die Herrschaften, samt den Geschichten, die sie machten. Wie er sich denken könne. Er ermutige sie zu schreiben, der kreative Prozess, sagte er, überhaupt das Künstlerische;

ihm selbst fehle die Zeit, ein wenig spiele er die Orgel drüben, keine Silbermann, aber aus dem Umfeld. Eine Gabler, und neuerdings digitalisiert. Den Schlüssel überlasse er ihm mit Vergnügen; da er wisse, zu wem er spreche. Den Schlüssel zum Orgelpult, meine er. Die Kirche stehe immer offen.

Es war kalt im Marstall trotz des Feuers. Das loderte und lärmte in dem gewaltigen Kamin, über dem ein Bild hing, an die zwei Meter breit und bis zur Decke. Das Porträt eines Hengstes wohl überlebensgroß und auf den Hinterhufen stehend, üppig gerahmt. Auf dem Deckengewölbe Freskomalerei. Phaeton mit dem Sonnenwagen. Trompe-l'oeil und reichlich Stuck. Die Farben blass und schadhaft. Bücherregale aus hellem Holz standen in Reihen nebeneinander und füllten den Saal. Sie wirkten leicht und waren nur roh gezimmert, ihnen entströmte noch den Geruch von frischem Leim. An den Wänden dicht aneinander Bücherschränke aus der Bibliothek, die hatte man herüberschaffen lassen, schwer, üppiges Schnitzwerk. Die Buchrücken hinter Glas, Leder, Goldprägungen, immer wieder leere Regalböden. Einer stand weit offen.

»Ich lasse Sie jetzt allein«, sagte der Therapeut. »Ich sehe Sie später.« Ein aufmunternder Blick. Er machte kehrt und war verschwunden.

Es war ein prachtvoller Schrank, Intarsien aus Elfenbein und Perlmutt, auf gleicher Höhe ein überlanger Tisch auf einem Teppich mit Ranken und Blumen, die Farben ermüdet vom Alter. Auf der polierten Tischplatte Bücherstapel, angeordnet nach einem Muster, das sich nicht von selbst erschloss. In der Mitte der Längsseite ein Laptop mit hochgestelltem Deckel. Dahinter ein Gesicht, das wirkte bläulich im kalten Licht des Bildschirms.

Es war Dora.

»Da bist du«, sagte sie. »Gut, dass du gekommen bist. Da ich nicht fortkann die nächste Zeit.« Sie wies mit der Hand auf die Bücher auf dem Tisch. Dann stand sie auf.

Ihre Stimme war fest und ruhig, wie Pitt sie kannte. Der Rest war fremd. Nicht, dass Dora sich verändert hätte, nennenswert, im Grunde hatte sie sich kaum verändert; allenfalls um ein Winziges, das er nicht benennen könnte, wenn man ihn fragte. Sie mochte an Gewicht verloren haben, was kein Nachteil war. Das sah er jetzt, und es verwirrte ihn.

Sie trug Jeans und einen dunklen Pullover, Rollkragen. Grob gestrickt. Der saß locker um die Hüften, was sie jünger machte. Bislang immer Kleider, Röcke, unauffällig. Und zu eng, alles war zu eng, was Dora bislang getragen hatte. Zum ersten Mal in seinem Leben nahm er dies wahr.

Damit kam er gut zurecht, auch wenn das Mütterliche fehlte, das ihr eigen war von Kindesbeinen. Die großen Brüste seiner Schwester unter Schürzen mit Rüschenrand, die beugten sich tief herab, wenn sie den Brüdern den Nachtisch löffelte, den Vanillepudding aus der Schüssel in ihre tiefen Teller, Kinderteller mit farbigem Rand: rot, blau, schwarz wie die Löffel. Doras schwarzer Kinderlöffel in der groben roten Hand. Ihre Brüste waren groß und ihre Hände grob und rot, obgleich sie noch ein Kind war wie ihre Brüder. Sie waren groß und grob und rot, weil sie die Mutter war und nicht Schwester. Rein bildlich gesprochen.

Ihr Haar trug sie schulterlang, nach wie vor, es war dicht und dunkel mit weißen Strähnen und fiel ihr ins Gesicht. Verdeckte es zur Hälfte. Doras Gesicht war rund, zu rund, ihre Wangen fleischig wie ihre Nase. Die war platt und breit. Zu platt und zu breit. »Mopsgesicht«, hatten sie auf dem Schulhof geschrien. Sie hatte Mandelaugen und Schlupflider, aber eine Japanerin war sie nicht. Alles an seiner Schwester war rund und fleischig und nahrhaft. Beruhigend. Auch jetzt noch. Oder doch beinahe. Bis auf die Kleidung, dachte er, aber die war's nicht.

Beunruhigend war die Winzigkeit, die schwer zu packen war, und ihm entschlüpfte, sobald er es versuchte. Eine kaum merkliche Verschiebung der Gesichtszüge ins leicht Schräge. Mund, Augen, Brauen, auch die Linie links und rechts des Mundes, alles war um einen Hauch verschoben. In welche Richtung, war nicht auszumachen. Da sie verschwand, sobald er länger auf sie starrte.

»Da ist Felix«, sagte Dora. »Ich habe ihn hier, tagsüber. Unter meinen Augen.«

Die Puppe war wunderschön. Ein blonder Junge, echtes Haar, blaue Augen, handgemalt; ein Stoffkörper. Karierte Hosen, braune Schnürschuhe; ein Pullover in leuchtendem Blau.

»Wie die Lupinen«, sagte Dora. »Ich habe ihn selbst gestrickt.«

Als der Arzt am Abend wieder hinüber ging zum Marstall, hörte er Orgelspiel, nur schwach. Von der Kirche herüber, einen Augenblick lang, dann hörte er nichts mehr. Die nächste Windböe brachte es wieder.

Das Hauptportal war offen. Im Vorraum blieb er stehen, sah durch die Fenster hinein ins Kirchenschiff. Es schien leer. Oder doch beinahe. Durch die rechte Seitentüre trat er ein, die quietschte, störte empfindlich, was von droben herunterkam, Klänge, die den Raum erfüllten und die ihm sehr gefielen. Das Orgelspiel war wunderbar.

Jemand saß in der ersten Reihe direkt vor dem Altar. Drehte sich nicht um, als er nach vorne ging, den Mittelgang entlang. Jeder Schritt ein trockenes Klack-Klack. Seine Lederabsätze auf dem hellen Marmorboden. Glockenspiel und Vogelzwitschern. Der Mann war ein Teufelskerl. Eine hübsche Melodie, die er kannte, wenngleich ihm die Zuordnung auf Anhieb nicht gelang. Immer wieder kam der Organist darauf zurück, dazwischen trieb er sein Spiel damit, allerhand Schabernack, lustig und wieder ernst, schlug Kapriolen, versteckte die kleine Tonfolge, holte sie her. Verfuhr damit auf eine Art, vermutete der Therapeut, die keine große Sache war, wenn man sein Handwerk beherrschte. So wie er das seine auch. Und obendrein ein Künstler war wie der da droben. Die Orgel, das war klar, spielte der Bruder für die Schwester, die unten saß. Es war das Lied aus dem Orgelbüchlein der Anna Magdalena Bach. Das fiel ihm ein, als er auf Doras Höhe stand und zu ihr hinübersah. Sie hielt den Kopf gerade und den Körper auch. Neben ihr leuchtete etwas winziges Blaues. Sie hatte ihn bei sich.

Von der Autorin bisher erschienen:

Seelenfahrt – Eine therapeutische Novelle

ISBN 978-3-7460-5833-7

»Ich bin kein Freund von Diagnosen.« Herr Eppli sah hinaus und blinzelte. Sprach von der Menschenseele und deren Rätseln, die zu ergründen lohnend sei, bisweilen. Und reizvoll auch. […] Frau Schwarz mache sich gerade auf den Weg zu ihrem Ich. Die Möglichkeit, dass sie es finde, sehe er mit Zuversicht und sei ihr gern dabei behilflich, wenn sie es ihm erlaube.

»Deswegen sind Sie hier.«

Schauplatz von Annabels Seelendrama ist die mondäne Diotima Klinik mit Blick auf die Schweizer Alpen. Rasch schlägt der anfangs rätselhafte Kosmos die depressive Annabel in seinen Bann. In diesem Leuchtturm der Seelenkunde von internationalem Ruf wird Annabel Teil eines Quartetts von exzentrischen Patientenpersönlichkeiten, das eine exklusive Tischgemeinschaft bildet. Annabel, die keine Empathie kennt, lässt sich allmählich rühren von dem Begehren der anderen und von ihrer Not. Sehr subtil öffnet sich der Vorhang für das Drama ihrer eigenen Seele. Nach zehn Wochen verlässt sie das therapeutische Elysium. Der Vorhang ist nicht zu – und alles offen.

Wie in Königsloge sind wir Zuschauer. Die Bühne ist eine andere, aber die Stücke sind dieselben. Die handelnden Personen sind keine Schauspieler. Und sind es am Ende doch.

Schreibsache

ISBN 978-3-7534-6773-3

Die Abbildung zeigte Horus in Gestalt von Pharao, den seine Mutter Isis stillte. Die Sehnsucht, dass er der Horus sei und trank und träumte, wuchs ins Unermessliche. […] Felix fasste blind hinein, riss aus dem Buch heraus, was seine Hände fassten, ließ erst ab, als nichts mehr zu zerreißen war und seine Finger bluteten. Ein schauerliches Etwas in einem Meer von Schnipseln blieb auf dem grauen Teppichboden liegen, als er hinausging und hinter sich die Türe zuschlug.

Felix Kammerlanders Leidenschaft gilt seiner Mutter. Susanne liebt er nicht. Als sie ein Kind will, macht er in einer elegant formulierten E-Mail mit ihr Schluss. Dies ist noch frisch, als er zu Alma Stein ins Oberallgäu fährt. Den Platz in deren hochberühmter Schreibwerkstatt hat er auf seinen bloßen Anruf hin bekommen. Denn Felix ist ein Magier der Redekunst. – Bei Alma aber kommt er über keinen ersten Satz hinaus. Als der Kurs zwei Tage vor der Zeit in einer Katastrophe endet, muss er sich seiner eigenen Wahrheit stellen …